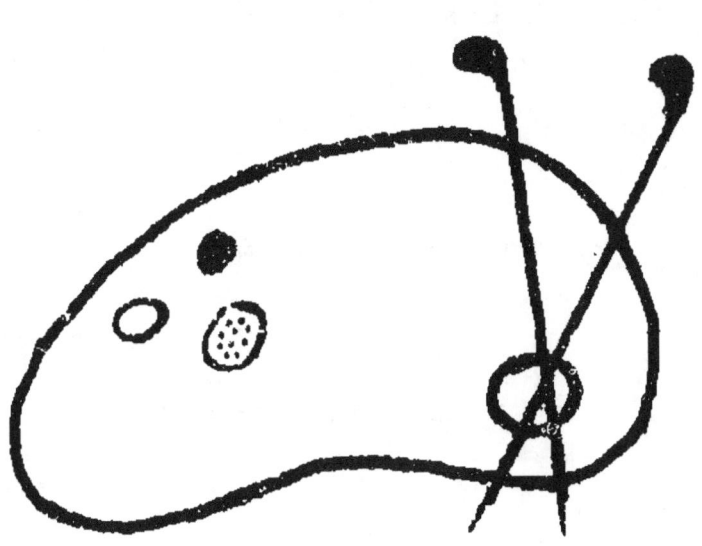

Couvertures supérieure et inférieure
en couleur

# APRÈS-DEMAIN

TRADUIT DE MADAME PROSSER

PAR

Mlle LYDIA BRANCHU

DEUXIÈME ÉDITION

TOULOUSE
SOCIÉTÉ DES LIVRES RELIGIEUX
DÉPÔT : RUE ROMIGUIÈRES, 7
1894

# SE TROUVE :

### A TOULOUSE,

Chez Paul LAGARDE, libraire, rue Romiguières, 7.

### A PARIS,

Chez GRASSART, libraire, rue de la Paix, 2 ;
Chez CHASTEL, libraire, rue Roquépine, 4 ;
Chez G. FISCHBACHER, libraire, rue de Seine, 33.
SOCIÉTÉ DES TRAITÉS RELIGIEUX, 33, rue des Saints-Pères.

| | |
|---|---|
| A STRASBOURG . | Chez VOMHOFF, libraire ; |
| | Chez TREUTTEL et WURTZ, libraires. |
| A NIMES. | Chez LAVAGNE-PEYROT, libraire. |
| A MARSEILLE. | Chez A. SAILLENS, libraire, rue de la République, 38. |
| A MONTPELLIER. | Chez POUJOL, libraire. |
| A CASTRES. | Chez BONNET, libraire. |
| AU HAVRE. | Chez DOMBRE, libraire, place de l'Hôtel-de-Ville, 10. |
| A BORDEAUX. | Chez FERET et FILS, libraires, cours de l'Intendance, 15. |
| A LONDRES. | The Religious Tract Society, 56, Paternoster Row. |
| A GENÈVE. | Chez A. CHERBULIEZ, libraire ; |
| | Chez E. BEROUD et JEHEBER, libraires. |
| A LAUSANNE. | Chez F. PAYOT, libraire ; |
| | Chez MEYER, libraire ; |
| | Chez F. ROUGE, libraire. |
| A NEUCHATEL. | Chez DELACHAUX et NIESTLÉ, libraires ; |
| | Chez BERTHOUD, libraire. |
| A BERNE. | SOCIÉTÉ ÉVANGÉLIQUE. |
| A BRUXELLES. | Librairie de la Société évangélique, chaussée d'Ixelles, 123. |
| A AMSTERDAM. | Chez FEIKEMA et Cᵉ, libraires. |

# APRÈS-DEMAIN

PUBLIÉ PAR LA SOCIÉTÉ DES LIVRES RELIGIEUX
DE TOULOUSE

TOULOUSE. — IMP. A. CHAUVIN ET FILS, RUE DES SALENQUES, 28.

MARGUERITE SE DEMANDE OU VA M^lle JENNY SUR LA JUMENT NOIRE.

# APRÈS-DEMAIN

TRADUIT DE MADAME PROSSER

PAR

### Mlle LYDIA BRANCHU

DEUXIÈME ÉDITION

## TOULOUSE
## SOCIÉTÉ DES LIVRES RELIGIEUX
DÉPÔT : RUE ROMIGUIÈRES, 7

1894

# APRÈS-DEMAIN

## CHAPITRE PREMIER.

### LE MOULIN DES QUATRE-PRAIRIES.

Que vous veniez du nord ou du sud, de l'occident ou du levant, dans un rayon de plusieurs kilomètres, vous ne pourrez manquer d'apercevoir, par un temps clair, les ailes du moulin des Quatre-Prairies, quelquefois immobiles comme des sentinelles surveillant l'espace, le plus souvent actives, obéissant avec grâce au souffle du vent. C'est vous dire que le moulin est situé sur une éminence. Les quatre prairies qui l'environnent s'élèvent jusqu'à lui en pente douce, avec de capricieuses ondulations.

C'était par une froide soirée de novembre. Un brouillard intense confondait les objets, à tel point qu'il eût été difficile à un étranger de distinguer les arbres des chaumières avant de pouvoir les toucher de la main. Les chemins disparaissaient sous une épaisse couche de feuilles sèches ; les arbustes avaient revêtu leurs teintes automnales, tandis que, sur les haies dépouillées, les baies d'aubépine et d'églantier offraient aux petits oiseaux leur dernière moisson.

Le long d'un étroit sentier s'avançait un homme qui paraissait avoir dépassé les limites de l'âge mûr sans en perdre la vigueur. Ses cheveux étaient blancs, mais son pas ferme, et ses robustes épaules, sur lesquelles reposait une balle de colporteur, semblaient n'avoir jamais fléchi sous leur fardeau.

Sans être précisément soucieux, son regard ne laissait pas que de trahir une certaine perplexité. Plusieurs fois il s'était arrêté devant une barrière ou quelque ouverture de la haie, écarquillant ses yeux comme pour découvrir quelque chose que le brouillard s'obstinait à lui cacher. Puis il avait repris sa marche, en se disant qu'après tout il n'est si long chemin qui n'offre une issue quelconque.

Toutefois il éprouva un soulagement véritable à la vue d'une forme humaine émergeant du brouillard et s'avançant lentement vers lui.

— Ohé ! cria-t-il, enchanté de vous rencontrer. Pourriez-vous m'indiquer le chemin du moulin des Quatre-Prairies?

Le nouveau venu portait une longue blouse blanche; et à le voir surgir ainsi sur son chemin, comme s'il sortait d'un nuage, une personne nerveuse eût pu se sentir mal à l'aise. Mais notre colporteur n'était point nerveux.

L'homme à la blouse le considéra d'un air de profonde surprise, et finit par dire :

— Vous voulez aller au moulin?

— J'en ai le plus grand désir, répondit le voyageur; mais franchement depuis que je marche dans cette interminable traverse, je serais fort en peine de dire si je m'en rapproche ou m'en éloigne. On ne voit pas plus loin que son nez.

— Le moulin est sur la droite, dit l'homme à la blouse.

— Alors je m'en éloigne! s'écria l'autre.

— Bien sûr.

— Allons, je vais retourner sur mes pas. Mais ayez donc l'obligeance de me dire où je devrai quitter ce sentier. Le brouillard augmente de minute en minute, et si je ne gagne pas la montée du moulin avant la nuit, je ne pourrai jamais m'en tirer.

— A la deuxième barrière de ce côté, dit l'homme d'un ton d'indifférence qui contrastait avec l'émotion de son interlocuteur.

Ce dernier, qui avait déposé sa valise pendant le colloque, la rechargea sur son épaule, et se mit à la recherche de la barrière indiquée. Il la trouva fermée, mais n'hésita pas à prendre ses mesures pour l'escalader.

— Bonsoir, ami, et bon retour chez vous ! cria-t-il à son compagnon qui l'avait suivi en silence.

Mais celui-ci s'avança en disant d'une voix calme :

— Vous n'avez pas besoin de passer pardessus.

Il prit une clef dans sa poche et ouvrit la barrière.

— Grand merci ! cria le colporteur, vous me rendez là un fameux service. J'aurais eu bien de la peine à faire passer ma valise. Maintenant, je n'ai plus qu'à monter tout droit, n'est-il pas vrai ?

— Oui, tout droit.

Notre voyageur entendit l'individu refermer la barrière, et reprit son chemin dans les ténèbres.

— Pourvu que je ne m'égare pas une seconde fois ! exclama-t-il au bout de quelques minutes.

Il tressaillit en entendant derrière lui la voix de l'homme à la blouse, qui répondait :

— Toujours tout droit.

— Comment, l'ami, vous êtes encore là! De quel côté allez-vous donc?

— Du même que vous, je suppose.

— Vous montez au moulin?

— Oui; vous ferez bien de me laisser passer devant.

— Mais pourquoi, au nom du ciel, ne m'avez-vous pas dit plus tôt que vous veniez avec moi? C'eût été un acte de charité; car à chaque pas je craignais de me butter contre un arbre, et d'endommager ma peau ou mes marchandises.

— Vous ne m'avez pas demandé où j'allais, répondit l'impassible personnage.

Le colporteur ne put s'empêcher d'être amusé de la réplique. Sa nouvelle connaissance l'intriguait. Il se demandait si tant de simplicité n'était point une ruse, et si une certaine dose de finesse ne se cachait pas sous cette rude écorce.

— Est-ce que par hasard vous demeureriez vous-même au moulin? demanda-t-il, comprenant que pour obtenir une réponse catégorique, il devait donner une forme directe à ses questions.

— Oui, dit l'homme; c'est-à-dire non : j'y suis nourri, mais je couche chez moi.

— Enfin, vous faites partie du personnel de

la maison. Vous connaissez donc bien la maîtresse?

— Pour ça oui !

Et un soupir accompagna ces trois mots prononcés d'un ton pénétré.

— M<sup>lle</sup> Hornbeck, n'est-ce pas?

— Oui, la mam'zel' Jenny, comme on l'appelle.

— Il y a longtemps qu'elle dirige le moulin? Et vous, depuis combien de temps êtes-vous avec elle?

— Depuis qu'elle est venue au monde.

— Oh! alors, vous êtes un ancien serviteur de la famille; car M<sup>lle</sup> Jenny n'est pas bien jeune, si je ne me trompe.

— Pas trop jeune, ni vieille non plus.

— Vous devez lui être bien attaché? reprit le colporteur.

— Attaché !... répéta l'autre d'un accent indéfinissable.

— Quand on vit ensemble si longtemps, on s'habitue les uns aux autres.

— Connais personne qui se soit habitué à mam'zel' Jenny.

Après cette réponse laconique, tout autre que notre colporteur aurait renoncé à obtenir de plus amples informations; mais il revint résolument à la charge.

— Est-ce qu'elle n'est pas aimable, la dame des Quatre-Prairies? Quel genre de personne, dites un peu?

— Vous allez ce soir au moulin? dit gravement l'homme à la blouse, après un silence si prolongé que le colporteur avait presque renoncé à entendre de nouveau sa voix.

— Mais oui ; je tiens à y arriver le plus tôt possible.

— Alors vous saurez aussi bien que moi quelle espèce de personne est la maîtresse, sauf qu'elle soit changée depuis son dîner.

— Elle n'a pas bon caractère, hein? Ou peut-être est-ce seulement vivacité de langage.

— Je n'ai pas dit un mot de ça.

— Non, non, vous ne voulez rien dire contre ceux dont vous mangez le pain; et je vous en félicite.

Mais cette approbation ne parut nullement agréable à celui qui en était l'objet. Il murmura sèchement qu'il n'avait pas l'habitude de manger le pain d'autrui.

— Oh! dit le colporteur, je ne doute pas que celui que vous mangez ne soit vaillamment gagné.

A quoi son compagnon riposta que nul ne goûtait celui de la meunière sans l'avoir gagné.

Puis, craignant sans doute d'autres questions

indiscrètes, il jugea prudent d'intervertir les rôles, et prit en main celui de questionneur.

— Vous êtes marchand, vous?

— Oui, camarade.

— Qu'est-ce que vous portez comme ça sur vos épaules? Des épiceries ou des étoffes? Il y en a aussi qui vendent des montres, ou bien des bonnets de coton et des bas de laine?

— Moi, j'ai des échantillons de ces divers articles, mais je vends surtout de la coutellerie, de bons ciseaux, des rasoirs.

— Et qu'est-ce qui vous a donné l'idée que la maîtresse allait vous en acheter?

— On essaie toujours. Il faut se faire connaître. On m'a dit qu'il ne manque pas de bonnes maisons par ici, et que M<sup>lle</sup> Hornbeck est joliment riche.

— Ah!... riche? Ce n'est pas elle qui en conviendra, toujours.

— Elle est comme tant d'autres, je suppose : plus elle a, plus elle voudrait avoir?

— Moi je ne dis rien de la mam'zel' Jenny, entendez-vous! répondit le domestique du moulin. Quand vous irez lui demander de l'argent, vous verrez bien ce qu'il en est.

— L'argent ne fait pas le bonheur, quoi qu'on en dise, remarqua le colporteur.

— Tout de même, répliqua l'autre, faut bien

tenir à en gagner pour courir comme vous la campagne avec ce chargement sur le dos.

— La nourritùre et le vêtement sont choses nécessaires qu'il importe de se procurer de son mieux. On peut travailler sans rêver d'accumuler des richesses.

— C'est vrai. Tenez, voici le moulin.

Et l'homme indiqua au voyageur une petite lumière qu'on apercevait vaguement à travers le brouillard.

— Savez-vous que ce ne sera pas commode pour vous de redescendre par ici? Il y a des arbres coupés sur le chemin qui pourraient bien vous faire tomber avec votre bagage.

— Mais j'espère bien ne pas descendre ce soir! s'écria le colporteur.

— Où comptez-vous donc coucher? Pour sûr, ce ne sera pas au moulin; et vous ne trouverez pas d'auberge par là-haut. Il n'y a que ma maison, et elle n'est pas belle, allez! Pourtant si vous voulez y passer la nuit, elle est à vot' service. Vous pourrez y faire une flambée.

— Mille remerciements! Vraiment, je dois m'estimer heureux de vous avoir rencontré. Si je ne m'étais pas égaré, je ne serais pas ici si tard, et j'aurais pu descendre en ville pour y passer la nuit.

— C'est vrai que voilà une drôle d'heure pour offrir vos marchandises.

— Cependant vous croyez bien que M<sup>lle</sup> Hornbeck me recevra?

— Pour ça je n'en sais rien; on ne peut jamais dire d'avance comment elle prendra les choses. Peut-être bien qu'elle me grondera pour vous avoir laissé monter, comme aussi elle aurait pu faire du tapage si je vous avais laissé en bas. Enfin, ajouta-t-il en baissant la voix, si vous êtes décidé à essayer, nous y voilà.

A ce moment des aboiements furieux éclatèrent, et un énorme chien s'élança vers eux.

— Allez coucher, Wolf! cria le domestique. N'ayez pas peur. Wolf n'aime pas les étrangers; mais nous sommes une paire d'amis, et il finit toujours par m'obéir.

Quelque rassurante que fût cette déclaration, le voyageur ne put s'empêcher de dire à demi-voix :

— Il n'est pas attaché?

— Jamais, après la tombée de la nuit. Là, Wolf, là! Voilà une bonne bête!

Quoique sensible au compliment, le chien ne continua pas moins à manifester son déplaisir de la présence d'un étranger; si bien que ledit étranger commençait à se sentir mal à l'aise, lorsque son compagnon parvint enfin à renvoyer l'animal à sa niche.

Les deux hommes s'avancèrent alors sous le porche couvert qui protégeait l'entrée de la maison. Le guide éprouvait une visible indécision.

— Moi, dit-il, si j'étais seul, j'entrerais par derrière; mais peut-être que la maîtresse se fâcherait si je vous introduisais comme ça. Quant à vous laisser ici tout seul, ma foi! je crains que Wolf ne se montrerait pas aimable de reste. Faut donc que je me hasarde à frapper.

Et il le fit avec une incomparable discrétion, sans obtenir d'autre réponse qu'un aboiement venu cette fois de l'intérieur.

La tentative fut renouvelée sans plus de succès, au grand étonnement de son auteur.

— Que peut-elle être devenue? Est-il possible qu'elle soit sortie?

— Vous avez frappé trop doucement; elle n'a pas entendu, dit le colporteur.

Mais son compagnon, d'une voix si basse que l'on eût pu croire qu'il craignait d'être compris de Wolf lui-même, répliqua :

— Pas entendu! Elle! On prétend qu'elle entend ce que les poissons pensent au fond de la mer. Je n'y comprends rien; il y avait de la lu-

2

mière à cette fenêtre. Il faut qu'elle soit sortie
par la porte de derrière.

A ce moment, un bruit de pas, à peu de distance, excita de nouveau le mécontentement de
Wolf; mais une voix de femme, rude et impé-
rieuse, lui ordonna de se taire.

— Vous pouvez avancer, Monsieur Hope, dit
la même voix : il ne vous fera pas de mal.

— Il y a quelque chose d'effrayant dans les
aboiements des chiens au sein des ténèbres,
remarqua M. Hope. On a beau se dire qu'ils
n'en veulent qu'aux voleurs et aux vagabonds,
impossible de se sentir rassuré.

— Heuh! qui est là? fit la femme en se heur-
tant contre nos deux amis, au moment où ils
s'écartaient de la porte pour laisser entrer la
meunière et son visiteur.

— Ce n'est que moi... Jérémie, Mam'zel', dit
le pauvre homme qui semblait trembler sous sa
blouse.

— Que vous! Depuis quand êtes-vous double?
demanda rudement « mam'zel'. »

— Il y a seulement un homme avec moi qui
désirait de vous voir. Je l'ai rencontré sur la
route et lui ai indiqué le chemin.

— Qu'est-ce qu'il veut, cet homme?

Avant que Jérémie eût pu répondre, M. Hope
exprima le désir d'entrer dans la maison.

— Il fait si humide ici, Mademoiselle Hornbeck, et Wolf me paraît dans de mauvaises dispositions.

M<sup>lle</sup> Hornbeck ne répondit que par l'exclamation à laquelle elle avait recours lorsque
les mots étaient insuffisants ou n'arrivaient
pas assez vite pour exprimer sa pensée :
Heuh !

Elle mit la clef dans la serrure, et la porte
s'ouvrit instantanément.

Cette porte était basse, et donnait accès dans
un couloir également peu élevé.

Après avoir introduit M. Hope, la meunière
revint vers les deux hommes et interpella de
nouveau Jérémie.

— Qui est cet individu que vous amenez ici à
pareille heure?

— C'est un marchand de ciseaux, M'am'zel; il
avait perdu sa route, balbutia le pauvre garçon
dont le peu d'assurance s'évanouissait sous cette
voix sévère.

— Et vous n'auriez pas pu, imbécile, lui en
indiquer une autre que celle du moulin?

Ici, le colporteur s'avança :

— Mademoiselle Hornbeck, dit-il, je viens
d'une ville que vous connaissez bien, et j'ai fait
un long détour pour vous voir. Toutefois je vais
me retirer et chercher dans les environs un gîte

pour la nuit, pourvu que j'emporte l'assurance
de vous revoir demain.

— Me *revoir?* Vous ne m'avez pas encore vue,
ce me semble. Je vous avertis, pour commencer, que je n'ai pas l'habitude de me laisser
prendre aux histoires des vendeurs ambulants.
On a pu vous persuader que j'avais de l'argent;
mais sachez bien que si j'en ai je ne le jette pas
par la fenêtre.

— Ce n'est pas l'intérêt de mon commerce qui
m'amène ici, répliqua le voyageur. Comme je
vous l'ai dit, je viens d'un milieu qui vous est
familier, et j'ai à vous donner sur ce qui s'y
passe des renseignements qui ne sont pas sans
importance.

— Heuh! fit M^{lle} Hornbeck après une pause
de quelques secondes.

Puis se tournant vers Jérémie, ou du moins
du côté où il devait être, car l'obscurité était
profonde, elle lui demanda pourquoi il rentrait
si tard.

— On m'a fait attendre, Mam'zel'.

— Au moins, rapportez-vous les échantillons?
Jérémie commença à fouiller dans ses poches.

— Pas à présent! Que voulez-vous que j'en
fasse ce soir! Allez vite souper, et voir si tout
est en ordre.

— Mam'zel', hasarda Jérémie, ce marchand de

ciseaux, est-ce qu'il pourrait avoir une botte de paille dans la grange pour cette nuit? Ou bien moi j'y coucherai, et lui prendra ma chambre.

— Couchez où vous voudrez, dit avec impatience la meunière qui avait hâte de rejoindre son visiteur, M. Hope.

Jérémie prit ces paroles pour la permission demandée, et s'enhardit jusqu'à parler d'offrir à l'étranger un morceau de pain et de fromage; mais M^{lle} Hornbeck ne l'écoutait plus. Elle lui ferma brusquement la porte au nez, tourna la clef en dedans et se dirigea vers la *salle* qu'éclairait une lampe fumeuse, suspendue au plafond.

M. Hope tenait un livre à la main et lisait à grand'peine, debout sur la pointe des pieds, position fatigante pour un homme facilement essoufflé qui venait de faire l'ascension du moulin.

— Excusez-moi, Monsieur le pasteur, commença la maîtresse de la maison, cet imbécile de Jérémie m'a retenue à propos d'un marchand qu'il a eu la sotte idée d'amener ici. A présent je suis à votre service. Prenez donc la peine de vous asseoir.

Et elle avança un siège vers la petite table ronde qui se trouvait sous le luminaire.

— Monsieur trouve la lampe trop haute? reprit la meunière en remarquant le regard in-

quiet que le pasteur levait vers la flamme de
plus en plus vacillante depuis que la porte avait
été ouverte et fermée brusquement. Cet éclai-
rage fait fort bien mon affaire ; mais il y a des
vues auxquelles il peut ne pas convenir.

— Je crois, en effet, qu'il me serait impossible de lire ici sans me tenir debout. Voyez, la
lampe elle-même fait ombre sur les pages.

Il posa le volume sur la table ; et M<sup>lle</sup> Hornbeck, reconnaissant une Bible de poche, laissa
échapper un « heuh ! » qui trahissait autant
d'étonnement que de déplaisir.

Elle prit un chandelier sur une étagère, et
alluma la chandelle à la lampe que ses longs
bras atteignaient facilement.

— Si c'est le dernier compte que Monsieur
désire régler, il est prêt. J'espère que cette fois
on ne se plaindra pas de la farine. Il faut que
votre cuisinière ne sache pas pétrir, ou que sa
levure soit mauvaise. Dites-le, je vous prie, à
M<sup>me</sup> Hope.

— Oh ! ma chère demoiselle, je ne me mêle
pas de ces détails de ménage. M<sup>me</sup> Hope causera
de tout cela avec vous en venant acquitter sa
note. Je vous en prie, occupons-nous de l'affaire
qui m'amène ce soir. Mon domestique ne tardera pas à venir me chercher avec la lanterne,
et il ne peut laisser longtemps le cheval tout seul.

M^lle Hornbeck, dont le visage prit une singu-
lière expression, se débarrassa de son capuchon
noir et, debout, les bras pendants, attendit.

—Voulez-vous... auriez-vous la complaisance
de vous asseoir? dit M. Hope avec un sourire
nerveux, comme si la grande taille de sa parois-
sienne l'épouvantait.

— Heuh! répondit-elle en prenant vivement
une chaise.

—Bien! Ainsi donc, Mademoiselle Hornbeck,
commença le pasteur après avoir toussé à plusieurs reprises pour s'éclaircir la voix, ainsi
donc vous songez à renvoyer vos locataires pour
tirer meilleur parti du terrain?

M^lle Hornbeck fit un signe d'assentiment.

— Mais vous ne pouvez avoir oublié l'enga-
gement pris par votre père vis-à-vis de ces
pauvres femmes?

M^lle Hornbeck avait une manière à elle de
pincer ses lèvres quand elle ne voulait pas manifester au dehors en paroles ce qu'elle ressen-
tait au dedans. Cette petite grimace fut sa seule
réponse; et le pasteur continua :

— Je ne m'explique donc pas, ma chère demoiselle, comment vous pourriez les déloger
sans manquer à la mémoire de votre père.

Un « heuh! » énergique s'échappa de la poitrine de la meunière.

— Je vous en prie, insista le pasteur, considérez combien une telle promesse engage...

— Je n'ai rien promis, interrompit-elle. Si mon père a eu des faiblesses dans ses vieux jours, ça ne m'engage à rien ; au contraire, c'est à moi de remettre les choses en ordre.

— Ma pauvre amie, je suis peiné, navré, de vous entendre parler ainsi ! s'écria le pasteur. Je ne vous rappellerai pas la reconnaissance que vous devez à votre père pour vous avoir laissé sa propriété de préférence à son fils ; mais je veux insister sur le cinquième commandement : « *Honore* ton père et ta mère. » Vous savez ce que votre excellente mère aurait pensé d'une telle résolution, et la volonté de votre père a été nettement exprimée.

Le regard de M. Hope était aussi éloquent que ses paroles ; mais Mˡˡᵉ Hornbeck avait détourné la tête et remuait avec une sorte de rage le bout de son pied.

— Pensez à ce qu'on dira de vous dans la paroisse, reprit M. Hope, abordant un ordre d'arguments moins élevé. Ces pauvres femmes se sont attachées à un asile qu'elles se croyaient assurées de conserver jusqu'à la fin de leurs jours ; toutes d'ailleurs avaient des droits à l'estime et à la sollicitude de votre père. Ah ! Ma-

demoiselle Jenny, si vous persistez dans cette
fatale résolution, vous vous en repentirez tôt ou
tard, croyez-le.

Mlle Jenny se leva, et regardant bien en face
le pasteur :

— Monsieur, dit-elle, si j'ai de l'argent, je le
gagne à la sueur de mon front, et je n'ai nulle
envie de le gaspiller. D'ailleurs ces gens-là ne
me conviennent pas : un tas d'hypocrites, de...

— Chut, chut, je ne puis vous laisser continuer de la sorte. Ce sont de respectables personnes, en honneur à la paroisse.

— Allons donc ! fit la meunière avec un rire
railleur ; Monsieur se laisse prendre à tous ces
beaux discours ?

— Je vous assure que ces pauvres femmes ne
sont nullement hypocrites. D'ailleurs, si vous
croyez qu'elles m'ont chargé de plaider leur
cause auprès de vous, vous vous trompez. J'ai
appris votre projet accidentellement, cet après-
midi, par une allusion de votre domestique, et
quoique je redoute beaucoup l'air du soir, j'ai
cru devoir venir sans tarder vous supplier d'y
renoncer — dans votre intérêt autant que dans
celui de vos locataires.

— Je vous suis bien obligée, Monsieur; mais
quand je me décide à faire une chose, c'est que
j'ai mes raisons.

— Je n'en doute pas; mais êtes-vous bien
sûre que dans ce cas vos raisons soient *bonnes?*

— Oh! très sûre, répliqua la meunière avec
son même rire ironique. Monsieur n'a-t-il pas
dit lui-même, dans un de ses sermons, que nous
devons agir en prévision du lendemain?

Le pauvre M. Hope demeura un instant muet
sous le coup de la surprise que lui causait cette
agression imprévue. Puis il demanda avec
calme :

— Dans quel sens vous ai-je donné des conseils sur notre conduite à l'égard du lendemain?

— Dans quel sens! eh! mais, dans le sens
d'être prévoyant, de mettre de côté pour l'avenir. C'est comme ça que j'ai compris.

— Vraiment, je ne me souviens pas d'avoir
rien dit qui puisse justifier votre conduite. Vous
faites sans doute allusion à la méditation que je
donnai il y a trois semaines sur cette parole du
Sauveur : « Ne vous mettez point en souci pour
le lendemain. »

— C'est possible, je n'ai pas retenu le texte.
Je sais seulement que vous avez dit qu'il faut
tirer parti du présent pour que « demain » nous
n'ayons pas à nous repentir « d'aujourd'hui. »
Alors je me suis dit : « Le pasteur a raison; je
ne manquerai pas de m'occuper de ces bicoques
qui ne rapportent rien. »

M. HOPE DONNE UN DERNIER CONSEIL.

— Mademoiselle Hornbeck, vous n'avez pas écouté tout mon discours, vous vous êtes méprise sur ma pensée. Certes, je le dis avec tristesse, il n'est guère besoin d'engager le troupeau à devenir sage selon le monde. Ce que je désirais graver dans les cœurs, c'est la nécessité de vivre aujourd'hui de façon à être prêt pour le jour qui arrivera bientôt pour chacun de nous, le grand jour de la venue du Seigneur.

— Moi, Monsieur, je prends toujours les mots pour ce qu'ils signifient. Je me suis dit, en vous écoutant : « Si je garde ces vieilles femmes plus longtemps, elles finiront par se croire chez elles : je ferai donc bien de leur donner congé sans autres tergiversations. »

Ce fut en vain que le pasteur continua ses exhortations, les appuyant de nombreux passages bibliques qui maudissent les enfants ingrats et encouragent par des promesses ceux qui se montrent respectueux et soumis. M^{lle} Hornbeck semblait s'endurcir de plus en plus; elle était aussi impassible que la muraille sur laquelle ses yeux restaient obstinément fixés.

— Je ne reparlerai pas du jugement unanime qui va être porté sur vous, dit M. Hope en se levant pour rejoindre son domestique qui frappait à coups redoublés. J'espérais vous éviter à la fois une humiliation et un péché; mais puisque

vous repoussez mes avis, du moins serai-je net
de cette mauvaise action.

— C'est un acte de prévoyance, répliqua
M<sup>lle</sup> Hornbeck en l'éclairant dans le corridor;
je travaille aujourd'hui pour « demain. »

Le pasteur se retourna gravement.

— N'oubliez pas, dit-il, qu'il y aura aussi pour
nous un « après-demain » ! Oh! alors, que de
regrets, quelles angoisses! Mais il sera trop
tard... le temps de la repentance sera passé.

Le visage de la meunière demeura impassible.
Cependant ces solennelles paroles l'avaient impressionnée plus qu'elle ne voulait se l'avouer à
elle-même, et, tout en refermant la porte, elle
poussa un « heuh! » prolongé.

## CHAPITRE II.

### LA LOI ET L'ÉVANGILE.

— Jérémie! Jérémie! criait M<sup>lle</sup> Hornbeck en traversant le corridor après avoir accompagné le pasteur Hope.

Et ouvrant brusquement la porte de la cuisine, elle vit Jérémie assis devant le feu presque éteint, et se frottant les yeux comme si l'appel de sa maîtresse venait de l'éveiller en sursaut.

— Eh bien! demanda-t-elle, votre homme, qu'en avez-vous fait?

— Quel homme? marmotta Jérémie, que la présence de M<sup>lle</sup> Hornbeck paraissait avoir le don de stupéfier.

— Ce marchand de je ne sais quoi que vous avez traîné ici. Où est-il?

— Ah! le marchand, Mam'zel'... Il est dans mon lit, je pense.

— Où êtes-vous allé le chercher, je vous prie?
reprit la meunière en attisant le feu, et s'asseyant en face de Jérémie.

— Mais, Mam'zel', c'est lui qui m'a arrêté, dit
le pauvre homme qui pressentait un orage.

— Comment cela?

Il raconta les détails de sa rencontre avec le
colporteur.

— Heuh! d'où vient-il ce personnage?

— Je ne le lui ai pas demandé, Mam'zel'.

— C'est bien de vous! Savez-vous au moins ce
qu'il veut?

— Vendre sa marchandise, je suppose.

— Pas autre chose?

— Il a dit qu'il avait besoin de vous parler.

— Me parler de quoi?

— Çà, je n'ai pas demandé.

— Comment s'appelle-t-il?

Jérémie fit signe qu'il ne le savait pas.

— Quel bon à rien vous me faites! s'écria la
maîtresse. Vous ne pouviez pas même lui demander son nom?

— Pardon, Mam'zel', j'aurais bien pu; seulement je ne savais pas...

— Pu, oui, seulement vous ne l'avez pas fait!
Absolument comme Joseph avec les cochons.

— Comme Joseph! répéta Jérémie en levant
vivement la tête.

— Hé oui! Il aurait pu vendre les cochons à un bon prix; mais il ne l'a pas fait.

— Joseph vous a dit ça! demanda Jérémie évidemment aussi surpris qu'intéressé.

— Il n'a pu le nier. J'avais tout découvert avant de lui en parler.

— Ah! c'est donc ça...

— Aussi l'ai-je mis à la porte sur-le-champ. Il faudra vous lever de bonne heure demain matin pour faire son ouvrage. Ce soir, il reste aussi quelques petites choses à finir. Prenez votre lanterne, et venez avec moi au moulin : je vous ferai voir ce que c'est.

Jérémie obéit, fort attristé d'un incident qui le touchait de si près.

Quelque pénible que fût pour lui la perspective d'une besogne supplémentaire après sa fatigante journée, la pensée ne lui vint pas plus de résister à sa maîtresse que de dire au vent: « Je te défends de souffler. »

— Cet homme est-il vieux ou jeune? reprit M^{lle} Hornbeck.

La réponse de Jérémie fut à peu près la même que celle qu'il avait faite lorsque l'étranger l'avait questionné sur l'âge de sa maîtresse.

Celle-ci continua ses questions, tout en dirigeant le travail, et y prenant même, à l'occasion, une part active, avec autant d'ardeur que si elle

n'avait pas été sur pied depuis quatre heures
du matin.

Quand tout fut fini, et le moulin soigneusement
fermé, tous deux revinrent à la maison d'habitation, distante seulement de quelques mètres.
Mₗₗₑ Hornbeck, lanterne en main, marchait la
première, quand soudain elle se retourna pour
lancer à son infortuné serviteur ces paroles qui
le firent trembler des pieds à la tête :

— A propos, Jérémie, j'ai un compte à régler
avec vous.

— Avec moi?... Un compte !...

Jérémie avait espéré recevoir une petite gra-
tification, ou au moins une demi-pinte de bière
pour son travail supplémentaire; mais le ton
de sa maîtresse disait assez qu'il ne s'agissait
de rien de semblable. Serait-ce son compte dé-
finitif qu'elle entendait régler comme celui de
Joseph?...

— Et un *fameux* compte! poursuivit la meunière. Que signifient les cancans que vous êtes
allé faire chez le pasteur? Ingrat! quand on n'a
que des bontés pour vous, médire par derrière!
quelle honte !

— Moi, Mam'zel'...

Jérémie s'arrêta court, le souvenir des quelques paroles qu'il avait échangées avec M. Hope
lui revenant subitement à la mémoire.

— Vous-même, Monsieur! Quelles histoires avez-vous contées sur mes affaires? Je veux le savoir! Asseyez-vous là, ajouta-t-elle en le poussant vers un escabeau, et répétez-moi tout ce que vous avez dit au presbytère. Allons, vite! Vous n'avez pas besoin de me regarder avec ces yeux de porte cochère.

Le pauvre Jérémie aurait bien voulu que les yeux qui le regardaient, lui, ne fussent ni aussi grands ni aussi perçants. Cependant, rassemblant de son mieux ses souvenirs, il s'efforça de satisfaire sa maîtresse.

— Après! cria-t-elle lorsqu'il s'arrêta. Après! Vous vous êtes apitoyé sur le compte de ces trois femmes. Vous avez dit que si le vieux maître avait vécu elles n'auraient jamais été dérangées. Qu'avez-vous dit encore?

Plutôt que de confesser son crime à la façon de son ex-collègue, Jérémie préféra se renfermer dans un mutisme absolu.

Ce que voyant, la meunière se décida à le congédier, non sans lui rappeler qu'il aurait à se lever une heure plus tôt que de coutume le lendemain.

— Vous verrez de la lumière à ma fenêtre. Apportez les échantillons; je commencerai par les classer. Nous aurons du travail demain.

— Ce sera bien pire après-demain, dit Jérémie.

Ce mot, qui lui rappelait les solennelles paroles du pasteur, fit tressaillir M^lle Hornbeck et lui arracha une exclamation involontaire. Mais, tandis que Jérémie expliquait son dire, en énumérant les occupations qu'apporterait ce redoutable après-demain, elle se remit assez pour prononcer d'une voix naturelle le « heuh ! » qui clôtura définitivement l'entretien.

Le feu s'était remis à flamber, comme s'il eût compris que dans le domaine des Quatre-Prairies nul n'avait droit au repos tant que la maîtresse veillait. M^lle Hornbeck jeta vers l'âtre un regard de triomphe.

— A la bonne heure ! fit-elle en s'asseyant devant le morceau de viande froide et la demi-pinte de bière qui allait constituer son souper solitaire.

Tout en mangeant, elle songeait aux affaires, et à demi-voix réglait l'emploi de son temps pour le lendemain. Non seulement il ne faudrait laisser en souffrance aucun des détails dont se chargeait jusque-là le domestique congédié, mais encore la nouvelle série de travaux qu'elle avait entrepris exigerait d'elle un redoublement d'activité.

Les bouchées se succédèrent méthodiquement jusqu'à la dernière ; après quoi la ration de bière fut avalée d'un seul trait ; puis assiette et pot d'étain furent emportés dans l'arrière-cuisine.

La meunière retourna ensuite dans la salle où elle avait reçu le pasteur, et cinq minutes plus tard elle était assise près de la table, une plume à la main, un grand-livre de compte ouvert devant elle, et l'air plus résolument affairé que jamais.

Tantôt elle consignait quelques chiffres sur le papier, tantôt elle réfléchissait et se parlait à demi-voix.

— Voyons, il y aura bientôt vingt ans, — oui, c'est cela, vingt ans dans quelques jours, — que cette propriété m'appartient. La moitié des terres étaient en friche, et maintenant elles fournissent de belles récoltes; aussi les locations rapportent-elles 50 % de plus qu'alors. Ce nouveau chemin de fer a été une excellente affaire pour moi; car en me prenant un morceau de terrain, la Compagnie m'a fourni les fonds nécessaires pour commencer mes travaux d'amendement. Ah! père, si vous pouviez venir voir ce que j'ai fait de votre héritage, vous ne manqueriez pas de dire : « Bravo, Jenny! »

Cette pensée ramena, malgré les efforts qu'elle fit pour le chasser, le souvenir de sa conversation avec le pasteur. Bien qu'elle n'admît point la justesse de ses observations, il lui avait été désagréable de les entendre. Ses sourcils se froncèrent, et une expression irritée se répandit sur tous ses traits.

— Heuh! exclama-t-elle en fermant le livre de comptes, et sortant d'une poche dissimulée sous ses jupons une grosse bourse de cuir.

Mais au moment de l'ouvrir, elle leva les yeux vers la petite fenêtre où Jérémie et son compagnon avaient remarqué de la lumière.

— Ouverte! Ah! cet original, avec sa visite nocturne et ses tracasseries, m'a fait perdre la tête. Vraiment, j'allais faire un beau travail! Compter de l'argent à la lumière, sans avoir fermé les volets!

Vivement, elle se leva pour réparer son oubli. Après quoi, elle vida sur la table le contenu de la bourse, et, les yeux brillants, se mit à compter les pièces blanches. Certes, elle savait bien qu'il n'en manquerait aucune : jamais elle ne laissait partir un client sans qu'il eût payé jusqu'au dernier centime ; mais c'était une satisfaction de contrôler d'une façon matérielle et palpable l'addition déjà faite sur le papier.

Tout en se préparant à se coucher, la meunière continuait son soliloque.

— Il serait imprudent de garder tant d'argent à la maison; je le porterai demain à la banque, si je puis disposer d'une demi-heure. Que ce Joseph a été insupportable de se faire renvoyer dans un moment de presse comme celui-ci! Comment pourrai-je me fier à un

étranger? Et pourtant, il me faut des bras.
Si je faisais venir Benjamin Onions? Mais
non, c'est un fainéant... Philippe? Il est rusé
comme un serpent... Wood est trop vieux...
Enfin, je m'informerai; et en attendant je dou-
blerai la tâche de cet emplâtre de Jérémie. Il
n'en aura pas pour cela de quoi tuer un homme.

Trois minutes plus tard, M^{lle} Hornbeck était
profondément endormie, sa bourse sous son
oreiller, tandis que le petit chien, dont la mis-
sion était de donner l'alarme si quelque incident
survenait à l'intérieur de la maison pendant le
sommeil de sa maîtresse, se tenait à la porte,
sur son paillasson.

Des ronflements sonores ne tardèrent pas à
lui faire dresser l'oreille; mais il reconnut que
le bruit n'avait rien d'illégitime, et se laissa aller
peu à peu à joindre sa voix à celle de sa maîtresse dans un duo nocturne.

Il n'était que dix heures; mais lorsqu'il s'agit
de gens qui se lèvent à quatre heures du matin,
il est permis de dire qu'il était tard.

C'est ce que pensait déjà Jérémie une heure
avant, et il lui tardait d'étendre sur la paille ses
membres fatigués. Toutefois il crut convenable
d'aller jusqu'à sa chaumière souhaiter le bonsoir à son hôte.

La maisonnette se composait d'une seule

chambre éclairée par une seule fenêtre, à laquelle M^lle Hornbeck avait jugé superflu de faire poser un volet. Jérémie, disait-elle, ne possédait d'autre bien que son propre individu, lequel n'était pas assez précieux pour que l'envie pût venir à personne de s'en emparer.

Jérémie comptait profiter de cette circonstance pour ne pas entrer dans la chambre, et éviter ainsi une nouvelle conversation avec l'étranger. L'expérience l'avait rendu prudent à l'égard de sa propre langue. Jamais il ne s'était livré à quelques minutes d'innocents bavardages avec un voisin sans que ses paroles, amplifiées et commentées, ne fussent arrivées aux oreilles de M^lle Jenny. Si, dans un moment d'irréflexion, il avait donné à celle-ci quelques informations sur un sujet quelconque, elle s'en était invariablement servi de façon à causer quelque ennui au pauvre garçon. Aussi avait-il coutume de dire que chacune de ses paroles lui retombait sur le nez comme une goutte d'huile bouillante.

Jérémie s'approcha donc de la fenêtre. Un petit feu clair éclairait la chambre, et l'une des deux chaises qui composaient son mobilier était placée tout auprès. Du reste, — qu'on juge de sa surprise! — le lit n'avait point été défait, et il n'aperçut aucune trace du colporteur : sa valise et son bâton avaient disparu avec lui.

Jérémie essaya d'ouvrir : la porte était fermée, et l'on avait emporté la clef.

« C'est pour le coup, » se dit-il, « que mam'zel' Jenny ferait des « heuh ! » Le drôle a filé. Pourvu qu'il n'ait pas pris mes habits du dimanche ! C'est une consolation de n'avoir pas autre chose à perdre quand on rencontre des voleurs sur son chemin. C'est égal, j'ai peine à penser que celui-ci... »

— Vous êtes surpris de ne pas me trouver chez vous, dit le colporteur, survenant en cet instant.

— Un peu, dit Jérémie, en faisant un saut en arrière.

— Le temps m'ayant paru disposé à s'éclaircir, je suis allé causer affaires avec un monsieur qui demeure dans votre voisinage.

— Et qu'avez-vous fait de vos marchandises ?

— Je les ai déposées sous votre lit. Voici la clef. Entrez donc vous chauffer un moment avec moi.

— Non pas, je dois me lever de trop bonne heure demain matin. Je venais seulement savoir comment ça allait ici.

— Très bien, comme vous voyez.

— Et vous dire que j'aurais voulu vous apporter quelque chose pour ajouter à vos provisions. Seulement...

— Oh ! ne vous inquiétez pas de cela ; j'ai fort bien soupé.

— Alors, je vous souhaite une bonne nuit. Je viendrai demain matin, si j'en ai le temps.

Jérémie se souciait fort peu de savoir où était allé son hôte dans de si étranges circonstances, ni de quel genre d'affaires il avait eu à s'occuper ; mais le lecteur sera bien aise d'être renseigné à cet égard.

En remontant dans son cabriolet, après avoir quitté M<sup>lle</sup> Hornbeck, le bon M. Hope avait dit à son cocher :

— Faites le tour par les chaumières, Thomas.

— Le chemin est glissant, objecta Thomas, et c'est un grand détour.

— Vous conduirez avec précaution. J'ai besoin de m'arrêter chez Marguerite Martin.

— Monsieur ne pense-t-il pas que tout le monde sera couché par là-bas ?

Thomas redoutait le brouillard pour son maître, et aussi un peu pour lui-même.

— Nous verrons. Il n'est guère plus de huit heures ; je veux toujours essayer.

Thomas ne répliqua plus, et le cheval partit.

Bientôt une faible lueur se refléta sur la haie qui bordait le chemin du côté opposé aux chaumières.

— Tout le monde n'est pas couché, dit

M. Hope, et je parie que la lumière vient de chez Marguerite.

Il ne se trompait pas.

— Je ne resterai pas longtemps, Thomas. Tirez bien la couverture et ouvrez le parapluie, car il commence à bruiner.

Tandis que le domestique, peu satisfait, s'enveloppait de son mieux, son maître soulevait le loquet de la chaumière. Près de la cheminée, une vieille femme était assise, un gros livre ouvert sur les genoux.

La lecture l'absorbait tellement qu'elle ne s'aperçut de la présence du pasteur que lorsque celui-ci posa la main sur son épaule.

— Hé! Monsieur, vous m'avez fait peur! s'écria-t-elle en levant vers lui un visage peu favorisé assurément, puisque un de ses yeux était fermé et protégé par un abat-jour, mais qu'il faisait bon regarder, tant était radieux le sourire qui l'éclairait.

— Je croyais que vous aviez entendu la voiture, dit M. Hope en s'asseyant.

— La route est unie, et peut-être bien que je deviens un peu sourde, répondit la bonne femme. Je n'espérais guère avoir votre visite si tard, Monsieur; mais la surprise est bien agréable.

— Je me trouvais dans le voisinage, et comme

demain mes occupations me retiendront en ville,
j'ai voulu en profiter pour vous serrer la main.

— A quelque heure que ce soit, ça fait du
bien de vous voir, dit Marguerite avec un petit
rire de contentement.

— Je viens du moulin, reprit M. Hope en la
regardant attentivement pour voir l'effet que ce
mot produirait sur elle.

Mais la sérénité de ses traits ne fut point
troublée.

« Peut-être ignore-t-elle encore ce qui la menace, » pensa le pasteur.

Et il continua :

— M<sup>lle</sup> Hornbeck a décidé... elle songe...
L'avez-vous vue ces jours-ci ?

— Oui, Monsieur ; elle est venue deux ou
trois fois cette semaine pour examiner nos petits
enclos, répondit Marguerite avec autant de
calme que si ces visites eussent eu en vue son
avantage.

— Avez-vous causé avec elle ?

— Pas beaucoup. Vous comprenez, Monsieur,
que nous étions toutes un peu gênées.

— Alors, vous connaissez ses intentions ?

— Depuis le jeudi de la semaine dernière, nous
en avons heureusement le cœur net.

— Heureusement ! répéta M. Hope.

— Oui ; elle nous a signifié ouvertement notre

congé. Cela valait mieux que de nous lancer de mauvaises paroles ou des allusions que nous ne pouvions comprendre qu'à moitié. J'ai toujours trouvé que rien n'est pire que l'incertitude.

— Ce sera une grande épreuve pour vous et vos voisines, dit le pasteur d'un ton de profonde commisération.

— C'est dur, ah ! oui, c'est bien dur ! Mais que voulez-vous, Monsieur, tant que nous serons dans ce monde, il faudra bien que le monde nous contienne ; et après, nous ne serons plus un embarras pour personne. Tenez, Monsieur, regardez ce que je lisais quand vous êtes entré. Là, à cette page : lisez vous-même ; car moi, vous savez, je n'ai que deux yeux en comptant les lunettes, et ça me rend une mauvaise lectrice.

M. Hope lut, au trente deuxième chapitre du Deutéronome : « Il l'a conduit partout, il l'a instruit, et il l'a gardé comme la prunelle de son œil... L'Eternel seul l'a conduit, et il n'y a point eu avec lui de dieu étranger. »

— Eh bien ! dit Marguerite d'un ton joyeux quand il releva la tête.

— Vous vous appliquez personnellement ces paroles ? répondit le pasteur.

— Oui, certes ! Et c'est bien le moins. Il y a soixante et quinze ans que le bon Dieu prend soin de moi de cette manière ; aussi n'ai-je pas peur qu'Il m'abandonne maintenant. Lisez encore le beau verset que j'ai marqué aujourd'hui.

M. Hope lut :

« Nous n'avons point ici-bas de cité permanente ; mais nous cherchons celle qui est à venir. »

— C'est ce que vous faites, Marguerite ?

— Oui, Monsieur, le Seigneur en soit béni !

M. Hope, qui était venu le cœur oppressé, pour offrir des consolations, se sentait encouragé et fortifié au contact de cette foi robuste.

— Ainsi, dit-il, quoi qu'il arrive, le murmure n'approchera pas de vos lèvres ?

— Ah ! cher Monsieur, qui peut prévoir ce qui arrivera ? Quand nous nous couchons le soir, savons-nous ce qu'apportera le lendemain ? Peut-être qu'avant le moment où je me trouverai sans asile, le Seigneur Jésus viendra chercher les siens. Chaque page de cette sainte Bible m'offre des encouragements et des promesses qui remplissent mon cœur de tant de joie qu'il m'importe peu de savoir où et comment je passerai les quelques jours qui me restent à vivre. « Je te garderai jusqu'à la blanche vieillesse, » a dit mon Dieu.

— Et vos voisines, comment prennent-elles cette épreuve ? demanda le pasteur averti par un bruyant accès de toux de son domestique, qu'il fallait se hâter.

— Catherine est assez raisonnable, quoiqu'il lui en coûte bien de devoir être à charge à son fils. Il n'est plus jeune, comme vous savez, et sa mauvaise santé l'empêche de travailler beaucoup. Et puis, la bru n'est pas commode...

— Et Betsy?

— Dame! Monsieur, Betsy est une de ces personnes qui ne se rendent pas bien compte des choses. Elle se lamente beaucoup; mais elle se lamentait autant avant de savoir ce qui allait lui arriver. Elle descendra en ville chez sa fille; malheureusement, la pauvre femme avait assez de soucis avec ses cinq enfants et un mari qui ne vaut pas grand'chose. Je la plains de tout mon cœur.

Et pour la première fois, Marguerite devint grave, presque triste.

Cependant Thomas, toussant de plus belle, M. Hope se leva.

— Et vous, ma bonne Marguerite, demanda-t-il, où comptez-vous aller?

Elle se mit à rire.

— Moi, Monsieur, je ne me connais plus un seul parent dans ce monde, à l'exception de mon pauvre garçon qui est bien loin, comme vous savez. C'est ça qui a été une épreuve, de voir mon enfant emmené au delà des mers pour avoir violé la loi de Dieu et des hommes... Eh bien!

cette épreuve a tourné en bénédiction pour moi, et j'ai la confiance qu'il en sera de même pour mon fils.

— Ainsi, vous n'avez encore formé aucun plan? reprit le pasteur en remuant le loquet pour faire prendre patience à Thomas.

— Non, Monsieur! Il faudrait pour cela avoir plus d'esprit que je n'en ai, répondit la vieille femme du même ton enjoué.

— Eh bien, Marguerite, le divin Consolateur qui vous a été donné est le plus précieux des biens. Tenez ferme ce que vous avez, et ne craignez rien. Dites à vos voisines que je viendrai les voir dans quelques jours, ainsi que vous, bien entendu. Bonne nuit. Le Seigneur soit avec vous.

— Il y a ici quelqu'un qui demande à voir Monsieur, cria Thomas d'un ton grognon, au moment où son maître refermait la porte.

— Me voir, dans cette obscurité! dit en riant M. Hope auquel la vieille Marguerite semblait avoir communiqué son humeur joyeuse.

— J'aurais besoin de vous parler, Monsieur le pasteur, dit un homme en s'avançant. Je me rendais chez vous, quand j'ai appris que vous étiez arrêté ici.

— Vous venez chez moi? Alors, montez sur le siège. Quoique la distance ne soit pas considérable, cela vous fera gagner du temps.

CHEZ LE PASTEUR.

Dix minutes plus tard, notre colporteur — car c'était lui qui venait d'aborder M. Hope — était assis dans le confortable cabinet de travail du pasteur, vis-à-vis de l'homme excellent qui se préparait à l'écouter avec sa bienveillance ordinaire.

— J'ai à vous entretenir, commença-t-il, d'une affaire qui concerne une de vos paroissiennes, M<sup>lle</sup> Jenny Hornbeck, du moulin des Quatre-Prairies. J'arrive de Hicleton.

— Hicleton? répéta M. Hope, comme s'il cherchait à se souvenir, Hicleton? Ah! sans doute, M<sup>lle</sup> Hornbeck peut y avoir des amis. La première femme de son père était de là.

— Précisément; et son demi-frère, Christophe Hornbeck, habite cette ville.

— Ah! Christophe vit encore. Il y a des années que je n'avais entendu parler de lui. Vous savez sans doute que les dispositions testamentaires du vieux M. Hornbeck en faveur de sa fille l'ont exaspéré. Pourtant, ce n'était que justice : le moulin, avec toutes les terres qui en dépendent, avait été apporté en dot à M. Hornbeck par sa seconde femme, la mère de M<sup>lle</sup> Jenny.

— C'est vrai, Monsieur. Et pourtant je doute que M<sup>lle</sup> Jenny puisse conserver cette propriété. Il paraît que son père n'avait pas le droit de la lui léguer.

— Que dites-vous là? s'écria M. Hope abasourdi.

— Voici quelques notes d'un homme de loi qui vous feront mieux comprendre la chose, Monsieur le pasteur, si vous voulez me permettre de vous les lire.

Et il lut un exposé passablement compliqué, duquel M. Hope retint ce qui suit :

« Le contrat de mariage passé entre M. Hornbeck et sa seconde femme stipulait que le domaine des Quatre-Prairies leur appartiendrait en communauté leur vie durant, et qu'après la mort de l'un des deux conjoints il resterait au survivant et à ses héritiers. »

De cette dernière clause, on concluait qu'après la mort de M. Hornbeck qui avait survécu à sa femme, la propriété devait passer aux mains de son héritier légal, lequel, d'après les lois anglaises, est toujours, pour la fortune territoriale, le fils aîné.

« Le testament de M. Hornbeck est donc sans valeur, » concluait l'avocat de Hicleton, « et l'héritier légitime n'aura pas de peine à faire reconnaître ses droits. »

— Est-il possible! exclama M. Hope avec un soupir. Il attaquerait le testament de son père; il disputerait à sa sœur un héritage qu'il lui savait destiné de tous temps par ses parents.

— Il y est parfaitement résolu, Monsieur le pasteur, et, qui plus est, il ne doute pas de réussir.

— Quelle puissance aveugle que la loi, la *lettre* de la loi! Que de chicanes, de subtilités! Quel contraste avec la morale de l'Evangile, lumineuse comme le soleil, et solide comme le roc! Mais dites-moi donc, Monsieur, pourquoi ce malheureux a tardé si longtemps à faire valoir ses prétendus droits? Il y a au moins vingt ans que son père est mort, et jamais il n'a protesté contre la validité du testament.

— Il y aura vingt ans dans trois jours, répondit le colporteur; c'est le délai légal; M<sup>lle</sup> Hornbeck sera probablement avertie la veille, c'est-à-dire après-demain.

« Après-demain! » pensa M. Hope, « quelle remarquable coïncidence! »

— Mais enfin, pourquoi ne s'est-il pas adressé plus tôt à la justice?

— Parce qu'il savait que tous les efforts de sa sœur, qui est une femme de tête, active et intelligente, tendraient à améliorer la propriété, et qu'ainsi, lorsqu'il entrerait en possession, elle aurait doublé de valeur. Christophe est vindicatif; il jouit d'avance à l'idée de s'enrichir par le travail de celle qui l'a supplanté.

— Pauvre nature humaine! dit douloureusement M. Hope. Est-ce donc là ce cœur que certains prétendent pouvoir être régénéré par la seule cérémonie du baptême ! Je suis confondu d'une telle perversité; mais j'ai la confiance que cette entreprise inique échouera misérablement.

— Je crains que non, répliqua le colporteur.

— Pauvre M<sup>lle</sup> Jenny! elle dira que je suis un prophète de malheur. Puissent ces tristes événements concourir au bien de son âme et à la gloire de Dieu !

Les deux interlocuteurs, amis désintéressés de la meunière, se concertèrent sur les mesures à prendre; et le voyageur ne regagna la cabane hospitalière de Jérémie qu'après avoir été libéralement hébergé au presbytère.

# CHAPITRE III.

## UN AVERTISSEMENT.

Jérémie, qui ne possédait pas comme sa maîtresse l'art de « trouver du temps pour tout, » ne put aller le lendemain matin présenter ses devoirs à son hôte. Tant d'occupations diverses se succédèrent que le pauvre homme, apathique par nature, et en général peu expéditif lorsque mam'zel' Jenny n'était pas sur ses talons, en fut littéralement étourdi.

Les circonstances de la veille étaient complétement sorties de sa mémoire lorsque M^{lle} Hornbeck lui demanda, tout en lui servant vers sept heures l'écuelle de soupe maigre qui composait son déjeuner quotidien, ce qu'il avait fait de son ami, le marchand de ciseaux ?

Jérémie répondit, — non sans hésiter un peu au souvenir de la promenade intempestive de l'étranger le soir précédent, — qu'il était dans sa chambre.

La meunière regarda bien en face son infortuné domestique, et dit sèchement :

— Vous n'en êtes pas sûr le moins du monde.

Sur quoi Jérémie demeura convaincu qu'en affirmant que M^lle Hornbeck entendait les méditations des poissons au sein des mers, on n'avait rien exagéré.

Il répliqua vaguement qu'il avait laissé le voyageur chez lui la veille au soir.

— Quand viendra-t-il ici? demanda M^lle Hornbeck.

— Il n'a pas fixé d'heure, Mam'zel'; mais je suis bien sûr qu'il ne tardera pas à arriver.

— Et pourquoi en êtes-vous si sûr?

— Oh! seulement... seulement à cause de sa manière de faire en général, balbutia Jérémie, qui craignait déjà de s'être compromis.

— Ah! ah! il est plus dégourdi que vous; mais je voudrais bien savoir ce qui vous a passé par la tête d'installer chez vous un individu que vous voyiez pour la première fois.

— Vous dites toujours, Mam'zel', qu'il n'y a rien à voler chez moi : alors j'ai pensé qu'il n'y avait pas de danger.

Et fortifié par une cuillerée de potage, il ajouta :

— On ne pouvait pas le laisser passer la nuit dehors, avec le froid qu'il faisait.

— Heuh! fit Mlle Jenny; j'aurai besoin de la jument noire aujourd'hui pour descendre en ville; ainsi, vous ferez bien d'aller chercher les briques de bonne heure pour qu'elle ait le temps de se reposer.

Jérémie fit un signe d'acquiescement, tout en souhaitant, à part lui, que la meunière eût autant de sollicitude pour son domestique que pour sa jument.

Mlle Hornbeck était en train de préparer son propre déjeuner, quand un coup vigoureux à la porte de la maison vint l'interrompre.

— Ce doit être le colporteur, dit Jérémie d'un ton indifférent, sans même poser son écuelle; car, sans trop savoir pourquoi, il tenait à ne point paraître empressé.

Mlle Jenny alla ouvrir elle-même.

Le soleil était à peine levé; mais ses premiers rayons avaient dissipé toute trace de brouillard, et une belle journée d'automne se préparait.

— Excusez-moi, Mademoiselle, si je me présente de si bon matin, dit le colporteur. Je sais que vous êtes matinale, et j'ai un long voyage à faire aujourd'hui.

Mlle Jenny embrassa d'un regard la personne

de son visiteur et la lourde balle dont il était
chargé ; puis son œil scrutateur s'arrêta sur le
visage de l'étranger, et une exclamation lui
échappa.

— Vous n'avez peut-être besoin d'aucun des
articles que je puis vous offrir, reprit ce dernier ; je vends de la bonne coutellerie, et j'ai
toute une pacotille d'objets de fantaisie.

M<sup>lle</sup> Jenny haussa les épaules à ce dernier
mot ; mais elle continua de dévisager le marchand, et finit par lui demander son nom.

— Banks, répondit-il.

— Frédéric ? fit-elle.

— Lui-même.

— De Hicleton ?

— Oui, Mademoiselle.

— Il m'a semblé tout de suite que votre figure
ne m'était pas inconnue ; et pourtant il y a des
années que je ne vous ai vu. Entrez. Avez-vous
déjeuné ?

— Pas encore ; on m'a indiqué un petit res-
taurant, où je me rendrai quand j'aurai terminé
l'affaire qui m'amène chez vous.

— Inutile d'aborder ce chapitre ; je n'ai pas
d'argent à gaspiller.

— Personne n'en devrait avoir pour cet usage,
répliqua Banks en riant ; mais il ne s'agit pour
le moment ni d'acheter ni de vendre : j'ai des

nouvelles importantes à vous communiquer, si vous voulez bien m'accorder quelques minutes.

— Heuh! Vous n'avez pas besoin d'aller déjeuner en ville; on trouvera bien ici un morceau à manger. Allons, Jérémie, dépêchez-vous, et n'oubliez pas les briques.

Jérémie répondit par son signe de tête habituel. Il avait fini sa soupe et mordait à belles dents dans un énorme morceau de pain.

M^lle Jenny conduisit alors son hôte dans la salle que nous connaissons déjà, et qu'il lui plaisait quelquefois d'appeler son salon.

— J'attends, dit-elle, que cet homme ait débarrassé le plancher pour m'occuper du déjeuner. Quoique je sois levée depuis plusieurs heures, je suis logée à la même enseigne que vous, n'ayant pas encore goûté une bouchée de pain. Eh bien! qu'y a-t-il de nouveau à Hicleton?

— Ah! Mademoiselle Jenny, il serait bien difficile de se rappeler tous les événements survenus depuis votre départ... Il y a longtemps de cela! Des morts, des naissances; quelques-uns ont fait leur chemin dans le monde, d'autres ont dégringolé...

— C'est partout la même histoire, remarqua M^lle Hornbeck. Vous ne venez pas souvent de ces côtés, je suppose? Tout est bien changé ici depuis quelques années; mon pauvre père serait

joliment fier s'il revoyait les Quatre-Prairies,
et certaines gens que je connais enrageraient de
plus belle. Combien y a-t-il de temps que vous
faites ce métier ?

— Depuis que j'ai dû abandonner ma forge
pour raison de santé.

— Gagne-t-on gros ?

— Il y a des époques où cela ne va pas trop
mal.

— Vous avez toujours votre mère ?

— Oui, grâce à Dieu.

— Mais vous êtes marié ?

— Non.

M^lle Jenny se leva pour aller interpeller Jérémie à la porte de la cuisine.

— Eh bien ! vous n'avez pas encore fini ?

Le pauvre garçon se hâta de faire disparaître
sa dernière bouchée, et sortit de la cuisine la
bouche tellement pleine, qu'il lui fut impossible
d'articuler un mot.

L'active meunière commença aussitôt ses pré-
paratifs. En quelques minutes le couvert fut
dressé, et un déjeuner servi pour elle et pour
son hôte.

Celui-ci rendit grâces à haute voix, et s'assit
avec l'intention évidente de faire honneur au
repas.

En effet, M^lle Jenny avait depuis longtemps

repoussé son assiette que Banks tendait encore
la sienne pour la faire remplir. L'impatience ne
tarda pas à la gagner. Elle s'agita sur sa chaise,
et finit par rompre le silence en demandant
d'un ton bref :

— Savez-vous ce que deviennent les gens de
la rue Colas?

— C'est précisément d'eux que je viens vous
parler, répondit le colporteur.

— Oh! je n'ai nulle envie d'en savoir bien
long sur le compte de ces aimables personnages.

— M. Christophe Hornbeck... commença
Banks.

La meunière éclata de rire.

— Peste! dit-elle d'un ton moqueur, on se
fait donner du « Monsieur » maintenant!

— Christophe s'est tant soit peu élevé dans
l'échelle sociale, et il aspire à monter plus haut
encore, étant votre frère.

— Mon frère! Pas le moins du monde, fit
aigrement Mⁱˡᵉ Jenny; il n'est pas le fils de ma
mère.

— Je le sais, répliqua Banks ; mais il est le
fils aîné de votre père : à telles enseignes qu'il
prétend à la possession de ce domaine. Je ne dis
pas qu'il ait raison, ni qu'il soit sûr de réussir ;
mais j'ai cru devoir vous avertir en ami qu'il
va essayer de vous déposséder.

— Vraiment! fît M<sup>lle</sup> Hornbeck.

Impossible de rendre tout ce qu'il y avait de mépris, de colère et de haine dans l'accent qu'elle donna à ce seul mot.

— Je l'ai appris par hasard; et ma mère a pensé, comme moi, que je ne devais pas regarder à faire un détour pour vous en prévenir, afin que vous ne soyez pas prise par surprise. La résolution de Christophe est bien arrêtée : il vous tombera dessus au premier jour.

— Qu'il essaie! il sera reçu comme il le mérite. Ne suis-je pas la maîtresse ici depuis vingt ans?

— La loi nous joue parfois de singuliers tours, dit Banks.

— Plus que singuliers, si elle me déloge d'ici, fît ironiquement M<sup>lle</sup> Hornbeck. Mon père ne m'a-t-il pas laissé par testament tout ce qu'il possédait, à l'exception de la maison de la rue Colas? Il a bien fallu que l'autre s'en contente, et qu'il se taise par-dessus le marché.

— Il paraît qu'il n'en pensait pas moins. Je suis fâché de devoir vous dire qu'il est plein de rancune, et s'efforcera de vous faire le plus de tort possible.

— Mais il ne peut rien, vous dis-je! cria M<sup>lle</sup> Hornbeck hors d'elle; il ne peut rien contre moi! Le moulin vient de ma mère, non de la sienne.

— Il suffit quelquefois de la plus légère omission dans un acte pour tout bouleverser. Certains avocats encouragent M. Christophe Hornbeck, et il travaille dans l'ombre jusqu'au jour où il a décidé de se montrer.

— C'est un polisson, pas autre chose ! Il l'a toujours été !

Le colporteur attendit que M<sup>lle</sup> Jenny se fût un peu calmée, pour la mettre au courant des faits qu'il avait communiqués la veille au pasteur Hope ; mais elle ne voulut pas écouter la lecture des notes de l'avocat, déclarant que tout était faux, stupide, absurde ; et que, lors même que tous les avocats, avoués et procureurs du royaume, Christophe à leur tête, se ligueraient contre elle, ils ne parviendraient pas à la faire sortir vivante de son domaine.

— Je souhaite que vous ayez raison, dit Banks. Votre mère était une bien digne femme, Mademoiselle Jenny, et M. Christophe, pour qui elle ne cessa jamais d'être une excellente belle-mère, ne devrait pas même songer à tracasser sa fille : malheureusement, quoiqu'elle ait fait tous ses efforts pour le bien élever, il n'était pas en son pouvoir de changer les cœurs.

M<sup>lle</sup> Jenny froissait fiévreusement entre ses doigts la serviette qu'elle avait prise pour essuyer les tasses du déjeuner.

— C'est par respect pour la mémoire de votre
mère, par reconnaissance pour ses bontés, que
ma pauvre vieille mère et moi avons tenu à
vous rendre le petit service en notre pouvoir.
Jamais nous n'oublierons celle qui fut notre
ange consolateur à l'heure de l'adversité !

— Heuh ! fit M^lle Jenny avec un demi-soupir.

— Oui, Mademoiselle, poursuivit Banks avec
émotion, la mémoire du juste est en bénédiction ! Ma mère se plaît encore à rappeler que
ce sont les instructions, les affectueuses exhortations de M^me Hornbeck qui ont tourné son
cœur vers Dieu ; donc, si j'ai eu le bonheur
d'être élevé dans des principes chrétiens, c'est à
elle que je le dois. Aussi, voyez-vous, en souvenir de cette bonne dame, nous ferions tout au
monde pour vous être utile.

Évidemment M^lle Jenny avait cessé d'écouter
dès qu'il avait été question d'exhortations religieuses et de principes chrétiens. Elle s'était
acquittée de divers soins de ménage avec cette
activité qui « faisait tourner la tête » à Jérémie, et ne rouvrit la bouche que quand tout fut
en ordre dans sa cuisine.

Alors, s'efforçant de parler avec calme, elle
se tourna vers le colporteur :

— Je vous suis bien obligée d'être venu,
Banks ; mais vous admettrez que l'impudence et

l'infamie de ce drôle sont bien faites pour faire
sortir des gonds. Moi qui avais offert de me
charger de l'aîné de ses enfants ! Voilà la reconnaissance ! Ah ! tôt ou tard, ils me le payeront !
Je ne leur laisserai pas un centime ! J'aimerais
mieux... mieux...

Elle s'arrêta, troublée sans doute par la pensée de son testament, et finit par conclure, avec
un redoublement de rage :

— J'aimerais mieux moudre en menue poussière tout ce que je possède, et le jeter à la rivière !

Jérémie, qui n'aimait jamais à rencontrer les
yeux de sa maîtresse, eût frémi s'il les avait
vus en ce moment : ils lançaient de véritables
éclairs.

— Maintenant que je vous ai mise sur vos
gardes, Mademoiselle Hornbeck, dit Banks en
se levant, je ne vous retiendrai pas davantage.
Vous irez, je suppose, consulter votre avoué ou
quelque ami compétent dans ces matières ; seulement, hâtez-vous, car l'assignation ne peut
tarder d'arriver : c'est après-demain qu'expire
le délai légal de vingt années.

Encore *après-demain !* Ne cesserait-on jamais
de lui lancer ce mot comme une menace toujours renaissante !

Cependant M<sup>lle</sup> Hornbeck, affectant un dédain

5

absolu pour les prétentions de son frère, déclara que si Christophe ou un homme de loi
quelconque poussait l'insolence jusqu'à lui envoyer un chiffon de papier, elle le jetterait au
feu sans le lire.

— Vous pouvez le lui dire de ma part,
ajouta-t-elle avec un éclat de rire qui n'avait
rien de mélodieux, et un regard dans lequel on
lisait combien il lui serait agréable d'user du
même procédé sommaire à l'égard de certaines
personnes.

Toutefois le colporteur ne doutait pas qu'elle
ne se hâtât de prendre toutes les précautions en
son pouvoir, et il lui souhaita le bonjour, en
demandant la permission d'aller reprendre ses
marchandises déposées au salon.

— Sans me les montrer? dit la meunière.

— Si ça vous fait plaisir de les voir?... Mais
puisque vous dites que vous ne voulez pas dépen-
ser d'argent...

— Heuh! c'est la vérité : inutile de défaire les
paquets.

Et recouvrant assez de présence d'esprit pour
remercier Banks de sa peine et envoyer un
message à sa mère, elle se décida à le laisser
partir.

— Me faire sortir d'ici! Moi! *sortir d'ici!* répétait-elle à demi-voix, comme si elle cherchait

à se rendre bien compte de la signification de
ces deux mots. Je voudrais bien voir ça. Et *lui*
encore !

L'expression de haine et de colère qu'avait
revêtue son visage était tellement repoussante
que Jérémie, qui venait d'arriver avec les briques, fut contraint de se retourner en lui parlant.

— Sellez-moi tout de suite la jument noire, lui
dit-elle impérieusement.

— J'y vais, mam'zel'.

— Non, allez d'abord dire à Wood de venir
vous donner un coup de main ; il doit être chez
sa mère. Voilà les clefs ; et surtout que tout soit
prêt pour recevoir la grande commande de demain. Je suis obligée d'aller en ville, mais je
serai de retour dans trois quarts d'heure. Soyez
leste, si c'est possible.

« Wood et lui ne me feront pas le travail d'un
homme, » ajouta-t-elle tout en s'habillant. « Il
faut que je tâche de me procurer un ouvrier en
ville. Vraiment, j'aurais mieux fait de prendre
patience avec Joseph. »

Tandis que M^lle Jenny s'éloigne rapidement,
juchée sur sa jument noire (pas avant toutefois
d'avoir vu les deux hommes à l'ouvrage), nous
raconterons brièvement son histoire au lecteur.

Elle avait perdu sa mère à un âge où les évé-

nements les plus importants ne peuvent laisser
que de très confus souvenirs. Elle se rappelait
seulement que « maman » était bonne et ne
ressemblait pas aux autres personnes qui avaient
entouré son enfance. Dans son esprit la pensée
de sa mère s'associait involontairement à celle
de l'Evangile et de M. Hope, auquel, en dépit de
quelques froissements, elle demeurait attachée.

Il ne lui était point désagréable de savoir que
sa mère avait été pieuse ; au contraire, elle aimait à se persuader que l'estime et la confiance
qu'avait inspirées la piété de M^me Hornbeck re-
jaillissaient sur sa fille, sans que pour cela
celle-ci fût engagée par des convictions person-
nelles à la pratique des vertus chrétiennes. Il
n'en était pas de même des principes de M. Hope,
qu'elle trouvait gênants et désagréables, puisqu'ils obligeaient parfois le pasteur à la prendre directement à partie.

M^lle Jenny avait déposé la Bible de sa mère
sur une tablette du salon, et, sans l'ouvrir jamais, elle n'aurait manqué pour rien au monde
d'en enlever chaque jour la poussière avec une
sorte de vénération superstitieuse. Soit dit en
passant, M^lle Hornbeck détestait la poussière. Si
elle eût eu pour la pureté morale la même passion
que pour la propreté physique, nul sous le soleil
n'aurait fait au péché une guerre plus acharnée.

Après la mort de sa femme, M. Hornbeck avait
gardé près de lui cette enfant dont le caractère
persévérant et énergique ressemblait étonnamment au sien. Il l'associa peu à peu à ses entre-
prises, l'exerça à la direction du ménage, à la
tenue des livres. La jeune fille réussissait à
tout, et le père ravi voyait en elle un modèle
de sagesse, d'habileté et de prudence.

Il est probable que sous l'influence de son excellente mère, Jeanne Hornbeck aurait pu devenir une femme utile et même distinguée ; mais
abandonnée sans aucun frein à ses dispositions
naturelles, elle en vint peu à peu à considérer
les *affaires* et l'acquisition de la fortune comme
le but de la vie. Aussi, lorsqu'à vingt et un ans
elle se trouva maîtresse du moulin, elle en prit
en main l'exploitation sans le secours de personne ; et son savoir-faire, la sûreté de vue
qu'elle déploya excitèrent l'admiration générale.

On sait que le testament de M. Hornbeck
avait amené une rupture entre M<sup>lle</sup> Jenny et
son demi-frère. Une fois seulement elle retourna
à Hicleton pour visiter d'anciens amis de sa famille. Ce fut alors qu'elle proposa de se charger
de l'un de ses neveux ; mais le père refusa cette
offre, et tout parut dès lors fini entre eux.

Moins bien doué que sa sœur, Christophe
avait hérité des côtés les plus fâcheux du ca-

ractère paternel : rusé, envieux, vindicatif, il
voulait « arriver, » et pour « arriver » tout
chemin lui était bon.

Cependant à vingt et un ans, Jeanne Hornbeck joignait à cette vigueur intellectuelle si
remarquable, d'incontestables avantages physiques ; aussi les propositions de mariage ne lui
manquèrent pas; mais les *affaires* ne lui laissè-
rent le loisir d'en accueillir aucune. Elle se sentait d'ailleurs peu disposée à sacrifier son indépendance aux caprices d'un époux.

Voilà pourquoi, vingt ans plus tard, elle est
encore Jeanne Hornbeck ou « Mam'zel' Jenny. »
Mais si son nom n'a point changé il n'en est pas
de même de sa personne. Formes anguleuses,
teint bruni par le hâle, traits durs, à l'expression hautaine, presque farouche à certains mo-
ments, tel est maintenant le portrait de la riche
meunière qui, du reste, professe le plus parfait
dédain pour les grâces extérieures.

Quant à son caractère moral, il faut, hélas !
reconnaître que les modifications apportées par
ces vingt années de prospérité croissante sont
moins encore à son avantage... Le monde —
son monde à elle, c'est-à-dire son moulin, ses
pratiques et ses récoltes, — l'absorbent absolument. C'est à peine si elle sauve encore les ap-
parences en paraissant de temps en temps à

l'église. Elle évite même le pasteur Hope qui lui
impose toujours un peu, et qu'elle ne peut s'empêcher de respecter. Pour elle, la religion n'est
plus qu'une ennuyeuse corvée, une formalité
coûteuse et incommode : d'abord parce qu'elle
l'oblige à écouter des sermons dont elle retient
rarement autant que ce qu'elle a pu citer à
M. Hope dans l'entrevue précédemment rappor-
tée ; qu'elle la contraint ensuite à suspendre le
dimanche le travail du moulin, et qu'enfin elle
lui impose la dure nécessité de déposer une of-
frande dans le plateau qu'on présente à l'issue
du service divin.

Bien qu'elle n'eût jamais manifesté de véritables besoins religieux, ceux qui avaient connu
M^{lle} Jenny dans sa jeunesse n'auraient point cru
« qu'elle en viendrait là ; » mais qui saurait
dire où peuvent mener de longues années d'une
vie toute matérielle, et combien le cœur, en se
repliant sur lui-même, se dessèche et s'endurcit !

Marguerite Martin soupirait (chose rare pour
elle) en songeant à ce qu'avait été la piété de
la mère et aux ferventes prières que sur son lit
de mort elle avait adressées à Dieu pour son enfant; car Marguerite avait soigné M^{me} Hornbeck
pendant sa dernière maladie, et pour elle comme
pour tant d'autres, les conseils et l'exemple de
la fidèle chrétienne avaient été en édification.

A son tour, la vieille femme priait souvent
pour la fille de sa bien-aimée maîtresse. Or,
c'était cet acte d'amour chrétien qui, en arrivant aux oreilles de la meunière, l'avait irritée
contre les pauvres veuves auxquelles son père,
en retour de longs et fidèles services, avait
donné à très bas prix la jouissance de trois
petites chaumières situées sur le domaine des
Quatre-Prairies.

A la vérité, Catherine et Betsy n'avaient point
été convaincues du même crime que leur voisine ; mais M<sup>lle</sup> Jenny, sous prétexte qu'elles
devaient avoir subi l'influence de Marguerite,
jugeait à propos de les englober dans sa dis-
grâce.

Pour se rendre en ville M<sup>lle</sup> Hornbeck devait
passer devant les chaumières. La pensée lui vint
bien de faire un détour, car elle ne se souciait
pas en ce moment de se trouver face à face
avec l'une ou l'autre des trois veuves; mais son
temps était trop précieux pour qu'elle pût céder
à un tel mouvement de faiblesse. Elle se borna
donc à presser l'allure de sa jument, en formant
le vœu que Marguerite se trouvât dans le coin
le plus reculé de sa chaumière.

Or, il advint — comme c'est souvent le cas
dans ce monde — précisément le contraire de
ce qu'elle souhaitait. Au moment où elle attei-

gnait la première chaumière, la seconde, celle de Marguerite, s'ouvrit, et la vieille femme apercevant la meunière, se tint debout sur le seuil de la porte, prête à la saluer.

M<sup>lle</sup> Jenny jugea qu'il y aurait lâcheté de passer sans rien dire.

— Belle matinée, cria-t-elle. Vous allez ramasser du bois mort? Faites attention aux arbustes.

Et tout en parlant, elle s'étonnait de retrouver ce vieux visage aussi serein, aussi souriant que jamais.

« Elle a quelque bonne nouvelle, » pensa-t-elle; « des amis lui auront offert de la recevoir. »

— Ah! Mademoiselle Jenny, vos arbustes sont de trop bonne composition pour me dénoncer si je fais quelque sottise, répondit Marguerite, en inclinant sa tête de côté pour regarder de son bon œil, où brillait une pointe de malice, celle à qui elle parlait.

Et elle ajouta en se rapprochant :

— Votre robe est relevée, Mademoiselle; soulevez-vous un peu, je vous l'arrangerai.

— Heuh! dit M<sup>lle</sup> Jenny, en se soumettant à l'opération d'un air médiocrement satisfait. Vous paraissez pleine d'entrain ce matin, Marguerite.

— C'est vrai, Mademoiselle; le Seigneur me

donne beaucoup de vigueur et d'entrain pour
mes soixante et quinze ans.

— Heuh! Il faut convenir que vous avez mené
une vie douce et paisible ici pendant de longues
années, reprit M{::le::} Hornbeck, dans le but sans
doute de faire contrepoids aux amertumes du
présent par le souvenir des douceurs du passé.

— Une vie paisible! répéta Marguerite. Oui,
sans doute, et j'ai la confiance qu'il en sera de
même jusqu'à la fin.

« Pour le coup, » pensa M{::lle::} Jenny, « elle n'a
pas encore compris mes intentions! »

Et d'un geste significatif indiquant la maisonnette :

— Vous savez, il faut se hâter de sortir d'ici.

— Oh! je le sais, répliqua Marguerite sans
cesser de sourire.

— Vous avez trouvé des amis en mesure
de vous recevoir? Tant mieux. Vos voisines
n'étaient pas à plaindre, puisqu'elles ont leurs
enfants ; mais j'avais du regret pour vous.

M{::lle::} Hornbeck disait vrai. L'indignation générale que soulevait l'idée qu'elle laisserait sans
asile la fidèle servante, l'amie dévouée de sa mère,
n'avait pu la laisser complètement insensible.

— Oh! dit Marguerite, j'ai un ami, un précieux ami; il m'a envoyé un beau message ce
matin.

— Allons, tant mieux. Irez-vous demeurer bien loin ?

— « J'élève mes yeux vers les montagnes... » murmura Marguerite, en levant vers le ciel un regard tout rayonnant d'espoir.

— Quelles montagnes ? demanda M<sup>lle</sup> Jenny.

— Les montagnes « *d'où me viendront le secours*, » les collines de l'éternité, ma chère demoiselle. L'Ami suprême que j'ai là-haut m'a encore dit ce matin : « Je ne te laisserai point, je ne t'abandonnerai point. » Il a promis de prendre soin de moi aussi bien pendant que je serai sur la terre que quand il m'aura recueillie dans la belle patrie où est votre mère bien-aimée, celle qui la première m'a enseigné à rechercher le royaume de Dieu et sa justice. Ah ! chère amie (excusez-moi si je suis trop libre avec vous), laissez-moi vous rappeler que jamais vous ne reverrez son doux visage si vous ne prenez, vous aussi, le chemin de ces collines éternelles. Moi j'atteindrai bientôt le sommet... si dur que puisse être le bout de chemin qu'il me reste à parcourir.

M<sup>lle</sup> Jenny dut écouter jusqu'à la fin ces sérieuses paroles ; car Marguerite n'avait pas lâché sa robe ; mais dès qu'elle se sentit libre, elle enfonça son bâton dans les flancs de sa monture.

— Heuh ! cria-t-elle par manière d'adieu.

Et elle se mit à grommeler :

— Quelle scie que ces vieilles dévotes ! Et dire que je n'en ai pas encore fini ce matin avec les sermonneurs !

La meunière se rendait au presbytère pour consulter M. Hope au sujet de la communication de Banks.

# CHAPITRE IV.

## LES HAUTS FAITS DE LA JUMENT NOIRE.

— Mort!... disait le pasteur, évidemment bouleversé par une nouvelle que sa femme venait de lui communiquer. Mort!... La semaine dernière encore je l'ai vu en parfaite santé! Hélas! la vie humaine ne tient qu'à un fil...

— Je ne sais ce qui en était de ce pauvre M. Flood; mais pour celui qui est prêt, remarqua M^{me} Hope, une mort subite me paraît être une bénédiction. Les souffrances physiques, le déchirement des adieux lui sont épargnés, ainsi que cet affaiblissement de nos facultés qui donne tant de prise à l'ennemi des âmes.

— Pourtant, reprit son mari, c'est un saisissement pénible, presque une impression d'effroi que nous ressentons à la nouvelle d'une de ces morts. Je ne nie point que dans certains cas ceux qui sont ainsi rappelés puissent être les objets d'une grâce spéciale du Seigneur ; mais de tels coups sont si terribles pour ceux qui restent, qu'il est impossible de ne pas demander à Dieu de nous les épargner. Pense à cette pauvre Mme Flood laissée veuve avec ses huits enfants !

— Oh ! que c'est triste ! soupira Mme Hope.

Et après s'être jointe à son mari pour recommander au Seigneur cette famille si sévèrement éprouvée, la femme du pasteur se prépara à se rendre dans la maison de deuil.

— Je voudrais pouvoir être utile à Mme Flood, dit-elle ; mais je ne sais trop comment m'y prendre. Emmener quelques-uns des enfants ? Mais dans cette grande maison, avec tant de domestiques, ils sont mieux que chez moi ; et leur mère ne désire pas sans doute s'en séparer.

Demeuré seul dans son cabinet, M. Hope se mit à réfléchir sur la manière dont il avait exercé son ministère à l'égard du défunt. Puis sa pensée erra de l'un à l'autre de ses paroissiens, et finit par s'arrêter sur Mlle Hornbeck et l'entrevue qu'il avait eue la veille avec elle.

— Je n'ai pas été assez franc, assez ferme, assez persuasif, j'ai manqué de fidélité. Dieu sait pourtant combien j'avais le désir d'être fidèle ! Mais ma parole n'a produit aucune impression, et avec quelle facilité j'en ai pris mon parti ! Hélas ! que nous sommes lâches dans l'œuvre du Seigneur, froids et indifférents à l'égard des âmes qui périssent !

Humilié par ces réflexions, M. Hope éprouva un véritable soulagement en songeant à la nouvelle apportée par le colporteur Banks.

— J'ai la confiance que cette épreuve amollira enfin le cœur de cette pauvre M^{lle} Jenny, se dit-il. J'avais tort de la plaindre hier au soir; qu'est-ce que la perte de son moulin auprès du salut de son âme? Ah ! si elles devaient nous détourner des embûches de Satan, il me semble que j'accueillerais avec joie les plus dures dispensations pour moi-même et pour les miens.

Cet examen de conscience amena le pasteur à faire un retour sur sa prédication. Il reconnut qu'elle n'était ni aussi vivante ni aussi soignée qu'elle aurait dû l'être; toutefois, il lui fut impossible d'admettre qu'aucun de ses sermons pût justifier une aussi étrange conclusion que celle qu'en avait tirée la meunière. Il résolut enfin de relire le discours auquel elle avait fait allusion.

« Ne vous mettez point en souci pour le lendemain. »

— Vraiment, je ne crois pas être sorti de la vérité en disant que nous devons administrer avec prudence et discernement les biens temporels que le Seigneur nous confie. Ai-je eu tort

de chercher à établir que s'il nous est défendu
de vivre dans une inquiétude perpétuelle par
rapport au lendemain, nous n'en avons pas
moins le devoir de travailler honnêtement à
nous procurer les ressources nécessaires à la
vie présente? J'ai dit encore qu'un père doit
assurer, autant qu'il est en son pouvoir de le
faire, l'avenir de ses enfants, qu'un mari doit
prendre ses dispositions pour le cas où sa femme
resterait veuve. Tout cela est légitime et n'a
rien d'incompatible avec la confiance en Dieu,
la soumission à sa volonté. Ne faut-il pas semer
le blé pour pouvoir espérer de le récolter un
jour? J'ai terminé en rappelant à mes auditeurs
que le temps est court, et qu'après ce lendemain
si incertain pour chacun de nous, se lèvera le
jour éternel, le grand jour où les livres seront
ouverts, et où il nous faudra comparaître devant le tribunal de Christ.

Le pasteur ôta ses lunettes et joignit les mains
sur son manuscrit :

— O Dieu, murmura-t-il, apprends-nous à
vivre pour ce jour-là !

A ce moment on frappa à sa porte, et M<sup>lle</sup> Jenny
Hornbeck se présenta, relevant avec précaution
la jupe noire, d'une longueur fort modérée
d'ailleurs, qui lui servait d'amazone quand elle
allait en expédition équestre. Un petit châle

était épinglé sur ses épaules, et un immense chapeau noir, véritable défi à la mode, complétait son costume. Ajoutons qu'elle était armée d'un gros bâton en guise de cravache.

— Mademoiselle Hornbeck ! exclama le pasteur, en s'avançant vers elle avec un empressement qui respirait plus de bienveillance encore qu'à l'ordinaire ; Mademoiselle Hornbeck, je pensais justement à vous.

— Heuh ! répondit M<sup>lle</sup> Hornbeck.

— Asseyez-vous là, près du feu ; malgré le soleil, la matinée est fraîche.

— Il y a de la boue dans les traverses, dit la meunière en serrant sa robe autour d'elle afin de ne toucher aucun meuble.

— Donnez-moi votre bâton, reprit amicalement M. Hope, tout en demandant à Dieu de ne pas permettre que M<sup>lle</sup> Jenny quittât le presbytère sans emporter dans son cœur quelque impression sérieuse.

— Merci, je préfère le tenir : il a reçu des éclaboussures.

Et elle s'assit, tenant en l'air le susdit bâton.

A voir sa mine revêche et son attitude menaçante, on eût dit qu'elle venait chercher querelle à son hôte. Celui-ci répondit avec politesse :

— Comme vous voudrez, Mademoiselle ; mais il n'y a rien à gâter ici.

— La saleté gâte tout, répliqua M^lle^ Jenny d'un ton indigné ; elle gâterait pire qu'elle s'il y avait au monde quelque chose de pire..

— La souillure matérielle est un type, une image du péché, ma chère demoiselle ; or, la réalité l'emportant toujours sur l'image, le péché est un mal incomparablement plus grand que toutes les souillures qui offusquent nos regards.

— Heuh ! dit M^lle^ Jenny pour tout commentaire.

Banks ayant prié le pasteur de garder le secret sur sa visite, M. Hope ne pouvait aborder le premier le sujet qui lui valait celle de la meunière.

— J'ai relu ce matin, commença-t-il, le sermon dans lequel il vous a paru que j'encourageais la recherche de la fortune et la poursuite des intérêts temporels ; eh bien, franchement, je n'ai pas compris ce qui a pu donner lieu à un tel malentendu. Au contraire, je me suis efforcé de...

Il fut interrompu par un mouvement d'impatience de M^lle^ Hornbeck, dont le bâton prit une direction tout à fait agressive. Elle ne dit rien toutefois. Mais en voyant le pasteur mettre ses lunettes et reprendre son manuscrit comme s'il se disposait à le lui lire, elle n'y tint plus et s'écria :

— Ce n'est pas à propos du sermon que je suis
venu ; c'est seulement pour vous demander un
conseil, Monsieur Hope.

— Je serais heureux de pouvoir vous en
donner un bon, répondit-il en ôtant ses lunettes.
De quoi s'agit-il ?

— Oh ! d'une affaire qui n'aura pas de suites,
je le sais d'avance ; seulement, comme les lois
sont quelquefois si ridicules, il vaut peut-être
mieux voir s'il n'y aurait rien à faire. C'est
plutôt pour lui donner une leçon et le punir
de son impudence, que pour l'empêcher de me
faire du tort, puisqu'il ne pourrait réussir quand
bien même il oserait le tenter.

Le pasteur la laissa s'expliquer sans l'aider
de ses questions. Et avec force gestes dans lesquels le bâton joua un rôle fort peu du goût de
M. Hope, elle fit le récit des odieuses machina-
tions de Christophe.

— J'espère, conclut-elle, que voilà ce qui
s'appelle un frère aimable !

— Vous avez dit bien des fois, remarqua
M. Hope, que vous lui refusiez absolument ce
nom de frère.

— Oui, certes ! Et je le répète, et je le répé-
terai toujours ! s'écria la meunière avec empor-
tement.

— Vous ne pouvez donc attendre de lui les

égards dus à une sœur. Il faut envisager sa conduite comme celle d'une personne qui vous serait étrangère.

— Quand je pense que ma pauvre mère l'a comblé de bontés ! reprit M<sup>lle</sup> Hornbeck sans écouter le raisonnement du pasteur. Ne savait-il pas que sa volonté expresse était de me laisser le moulin ? Mon père s'y était engagé. Toute la succession me revenait d'ailleurs ; il devrait être bien reconnaissant qu'on lui ait laissé la maison d'Hicleton.

— Il devrait assurément considérer la volonté de son père comme sacrée, et ne pas même songer à contrevenir à un seul de ses désirs, dit M. Hope d'une voix grave, en regardant bien en face son interlocutrice.

— Heuh ! fit-elle, tandis qu'une vive rougeur lui montait au visage.

Il y eut un court silence, après lequel le pasteur reprit la parole.

— Puis-je espérer, ma chère demoiselle, que notre conversation d'hier au soir a modifié vos intentions à l'égard des anciennes protégées de M. Hornbeck ?

— Non, Monsieur ; mais il ne s'agit pas de ça maintenant. Je suis venue vous demander si vous ne voulez rien faire pour empêcher cette sotte réclamation de se produire. Si vous lui écriviez à ce...

— Puisque une de mes paroissiennes, que je connais et à laquelle je m'intéresse depuis tant d'années, refuse de prêter l'oreille à mes avis, puis-je espérer de réussir auprès d'un étranger ?

M<sup>lle</sup> Jenny agita si violemment son bâton que la suspension de porcelaine placée au milieu de l'appartement courut les plus grands dangers.

— Qu'en pensez-vous, Mademoiselle Hornbeck? insista M. Hope.

— Oh! dit-elle, on a quelquefois plus d'influence sur les étrangers que sur les personnes qu'on connaît. Vous avez une manière de dire les choses qui peut faire réfléchir.

— J'ai échoué auprès de vous hier au soir.

Ce ne fut pas sans effort que M<sup>lle</sup> Jenny parvint à contenir l'irritation qui bouillonnait au-dedans d'elle. D'une voix altérée, elle répondit :

— A quoi bon revenir là-dessus? Quand le moment sera venu, je verrai ce que j'aurai à faire. Ce que je désire savoir ce matin, c'est si vous voulez, oui ou non, écrire à Christophe avec de la bonne encre, en l'avertissant que ce qu'il a de mieux à faire c'est de se tenir tranquille.

— Je suis convaincu, ma chère demoiselle, qu'une telle démarche ne servirait à rien. Mon avis est que vous devez aller consulter sans retard un homme de loi. Peut-être y a-t-il quelques mesures à prendre que ni vous ni moi ne connaissons.

— Mais ce Kays se fait payer rien que pour se laisser regarder, grommela M^lle Hornbeck, évidemment mécontente du conseil.

— Permettez. Laissez-moi mettre votre bâton dans un coin, hasarda le pasteur qui devenait sérieusement inquiet pour sa suspension.

— Cela ne vaut pas la peine, je m'en vais. Puisque vous ne jugez pas à propos de vous mêler de l'affaire, j'irai trouver cet avoué, quoique bien certainement cela me coûtera plus cher que...

Elle n'acheva pas sa phrase, et se dirigea vers la porte en relevant sa robe avec le même soin que lorsqu'elle était entrée.

M. Hope éprouvait une vive contrariété. Il était convaincu que ce que demandait la meunière serait ou une démarche inutile ou même une faute ; car si Christophe n'avait pas les intentions qu'on lui attribuait, sa lettre risquerait de lui en donner l'idée. D'un autre côté, il voyait avec tristesse que M^lle Hornbeck attribuait son refus à un manque de bonne volonté.

— Ecoutez, Mademoiselle Jenny, cria-t-il au moment où elle mettait la main sur le bouton de la porte, il me vient une idée. J'irai à Hicleton : je verrai Christophe, je causerai avec lui ; et une fois bien au clair sur ses intentions, peut-être me sera-t-il possible de vous être utile.

— Vous irez à Hicleton ? dit M<sup>lle</sup> Hornbeck en
se retournant vivement et ouvrant de grands
yeux. Et quand cela ?

— Tout de suite ; il n'y a pas de temps à perdre. Voyons. Hicleton est sur la ligne de Londres.
Il faut que je sois à la station de Hancock pour
prendre le train qui passe à midi vingt minutes.
Avec la voiture, la chose est possible.

Il sonna, et une jeune servante ne tarda pas
à se présenter.

— Dites à Thomas d'atteler immédiatement :
une affaire pressante m'oblige à partir par le
premier train. Quand Madame rentrera, vous
lui direz de ne pas m'attendre pour dîner ; il est
possible qu'il n'y ait pas de train de retour
avant le soir. Dépêchez-vous, Marie, je vous en
prie.

L'excellent homme paraissait tout heureux de
sa détermination. Il alla prendre son pardessus
et son cache-nez au porte-manteau où ils étaient
suspendus, et commença sa toilette de voyage
avant que M<sup>lle</sup> Hornbeck fût *revenue* de sa surprise.

Elle commençait enfin à balbutier quelques
mots d'excuse et de remerciement, lorsque Marie
rentra pour annoncer que Thomas était allé faire
ferrer le cheval.

— Quel contre-temps ! s'écria le pasteur ; je

lui avais pourtant dit de ne pas y aller aujour-
d'hui.

Il paraît que Thomas avait décidé, dans sa
sagesse, que c'était à lui et non à son maître de
régler ces sortes d'affaires.

La pauvre Marie paraissait consternée.

— Cela vous fera-t-il quelque chose de vous
servir de ma jument noire? demanda M^{lle} Jenny
au pasteur.

— Non certes, si elle consent à se laisser atteler.

— Pourquoi pas? C'est pour cela que je l'ai
achetée.

— Mais l'y avez-vous exercée?

— Bien des fois. En tout cas, je commence-
rais aujourd'hui.

— Il y a une autre difficulté. En l'absence de
Thomas, je n'ai personne pour harnacher la
bête et la mettre à la voiture. Et puis... il faudra ramener la voiture ici.

Mais il n'y avait rien là de nature à embar-
rasser M^{lle} Jenny. Elle se chargea de tout, même
de conduire la voiture jusqu'à Hancock, allé-
guant que la jument serait plus docile avec elle
qu'avec toute autre personne.

— Si cette jeune fille veut me faire voir où
est la remise, tout sera prêt dans quelques minutes, Monsieur le pasteur.

— Je vous accompagnerai et vous aiderai de mon mieux, dit Marie avec empressement.

— Ici, ma belle! Allons, soyons sage! Là! voilà une bonne bête.

Ainsi s'exprimait M<sup>lle</sup> Jenny, tout en ajustant de son mieux à la jument noire le brillant attirail que Thomas eût été assurément bien mortifié de voir servir à un si rustique animal.

— Allez prévenir monsieur que nous sommes prêtes, dit-elle à Marie, tout en achevant de dégager les rênes.

Comme la pauvre bête, plus serrée que de coutume, protestait à sa façon, sa maîtresse se mit à la caresser en lui prodiguant les tendres épithètes qui ne sortaient de sa bouche qu'à l'adresse de l'animal, et dans les grandes circonstances.

— Nous serons à temps, dit M. Hope en sautant lestement dans la voiture, si du moins votre jument veut bien nous traîner.

— Si elle le veut! répéta la meunière en s'installant à la place du cocher et tirant les rênes.

— Je suis confus de vous laisser la peine de conduire, reprit le pasteur; mais vraiment je crois...

— Il vaut mieux qu'elle sente à qui elle a affaire, répondit la meunière.

Et ils partirent à un bon trot.

— Voilà qui s'annonce bien, fit gaiement
M. Hope; mais... on dirait qu'elle est contente
de s'éloigner d'ici.

Cette observation fut faite d'une voix légèrement troublée; car la jument accélérait son allure d'une façon pour le moins étrange.

— Elle est un peu serrée dans ce harnais, dit
M^lle Jenny sans s'émouvoir.

Son assurance rassura son compagnon qui se
mit à causer du but de leur voyage. Mais il s'interrompit tout à coup pour demander si la jument ne serait pas blessée par le brancard.

— Elle paraît tellement excitée !

— Cet attirail la gêne, voilà tout, répondit
M^lle Jenny toujours impassible.

— Il me tarde d'être au pied de la côte, reprit
M. Hope; elle ne pourra pas galoper en montant, n'est-il pas vrai ?

— Non, dit M^lle Jenny d'un air distrait.

— Tant mieux! Nous avons le temps, ample-
ment le temps... Ne la pressez pas, pauvre bête!
insista le pasteur qui, bien que *prêt* à mourir
dans le vrai sens du mot, éprouvait une horreur
involontaire pour les morts subites, les morts
violentes surtout, et redoutait les accidents, de
quelque nature qu'ils fussent.

Toutefois la pauvre bête n'avait pas besoin
d'être pressée. Comprenant sans doute, au pre-

mier claquement de fouet, « à qui elle avait affaire, » elle avait jugé à propos de se comporter
en conséquence. L'ardeur de la marche avait
augmenté la pression du harnais et rendu le
frottement plus douloureux; aussi l'animal com-
mençait-il à donner des preuves non équivoques
d'irritation.

Voilà nos voyageurs au pied de la colline
souhaitée par M. Hope.

— Doucement, ma belle! Calme-toi, ma mignonne! cria M^{lle} Jenny.

Mais « ma mignonne » ne veut pas être calmée.

Elle secoue sa tête et décrit des zig-zags si peu
rassurants, que le bon M. Hope éprouve quelque
chose qui ressemble à une crise de nerfs.

Tout à coup, il dit :

— Mademoiselle Hornbeck, quand nous serons au haut de la côte, vous aurez l'obligeance
de me laisser descendre. Je ferai facilement à
pied le reste du chemin.

M^{lle} Jenny, les yeux fixés sur la jument noire,
ne répond pas.

On avance cependant : encore quelques secondes, et le point culminant sera atteint.

— Heuh! cria la meunière, je croyais qu'elle...
Ah! cela va arriver...

— Quoi? demanda M. Hope tout haletant.

— Ça y est!... fit sa compagne devenue livide.

Au même instant la voiture éprouva une violente secousse et un mouvement de recul très accentué.

Aussi vite, plus vite même qu'ils ne l'avaient montée, les voyageurs descendirent la colline, entraînés en arrière par le poids de la voiture que le cheval avait cessé de traîner.

— Le Seigneur ait pitié de nous, s'écria M. Hope plus mort que vif.

Heureusement que M<sup>lle</sup> Jenny était un excellent cocher, et possédait une dose de sang-froid peu commune. A l'aide du fouet discrètement employé, elle parvint à empêcher la jument de s'abattre et à la maintenir au milieu de la route.

— Nous serons précipités à terre en arrivant en bas, murmura le pasteur.

Mais ils en furent quittes pour un choc qui les étourdit sans les contusionner. L'animal, fatigué sans doute de la lutte, s'arrêta court.

— Heuh! dit M<sup>lle</sup> Hornbeck.

— Quelle merveilleuse délivrance! s'écria M. Hope en s'élançant hors de la voiture, tandis que sa compagne descendait de son siège avec autant de dignité que si elle fût revenue d'une partie de plaisir.

— C'est curieux, dit-elle, je ne la croyais pas capricieuse. Quand Jérémie venait me conter

M. HOPE EST MAL À L'AISE.

qu'elle s'était échappée à travers champs avec les sacs de farine, je croyais qu'il rêvait. Je suppose maintenant qu'il avait raison.

Tout en se réjouissant d'entendre rendre justice à Jérémie, M. Hope aurait bien voulu n'avoir pas été le témoin d'une aussi éclatante confirmation de ses rapports sur les faits et gestes de la jument noire. Il n'avait pas encore recouvré sa respiration et haletait péniblement, assis sur une borne du chemin.

Pendant ce temps, M<sup>lle</sup> Jenny cherchait à découvrir quelles étaient les pièces du harnachement qui devaient le plus tracasser l'animal, et son esprit pratique n'avait pas de peine à trouver divers expédients pour le soulager.

— Heuh ! Je vous réponds qu'elle marchera droit maintenant. Etes-vous prêt à remonter, Monsieur ?

— Oh ! merci, je ne remonterai pas. Je préfère marcher. Je vais retourner chez moi. Après avoir pris quelque nourriture, je serai à temps pour partir par le train de trois heures. Si quelque chose me retardait, je prendrais celui de six heures, et je coucherais à Hicleton. Soyez tranquille, Mademoiselle Jenny, j'irai sans faute ; mais pas avec ce cheval... Cela c'est impossible !

Le pauvre M. Hope s'exprimait avec difficulté. La meunière le considérait avec un mélange de désappointement, de pitié et de mépris.

— Il n'y a rien à craindre maintenant, dit-elle en caressant de la main la jument noire.

— Je n'en doute pas, répondit le pasteur avec un geste qui semblait protester contre tout sentiment amer à l'égard de l'animal ou de sa maîtresse.

— Et pourtant, vous avez peur de remonter?

— Oui, je l'avoue, je redoute beaucoup les accidents.

— Heuh! fut la réponse dédaigneuse de M^{lle} Jenny.

— Si vous voulez bien, — si vous ne craignez pas, commença le pasteur.

— Que voulez-vous que je craigne?

— Je veux dire : Pourriez-vous, auriez-vous l'obligeance de vous tenir ici, près de la voiture, en attendant que j'envoie quelqu'un pour la ramener?

— Envoyer quelqu'un ici! par exemple?

Et M^{lle} Jenny remonta sur le siège, en partant d'un grand éclat de rire.

Mais cet accès de gaieté déguisait mal la vive contrariété que lui faisait éprouver la détermination de M. Hope.

— Je t'apprendrai à regimber! cria-t-elle à la jument noire, en la touchant du bout de son fouet.

— M'est avis qu'elle n'a pas besoin de vos leçons sur cette matière, dit M. Hope qui avait recouvré assez de force pour se permettre une petite plaisanterie.

La voiture partit, tandis que lui-même suivait à pied, tout en murmurant des actions de grâce envers Celui qui les avait délivrés du danger. Il avait la conviction que sans l'habileté et le sang-froid hors ligne de M<sup>lle</sup> Hornbeck, ils étaient perdus.

Des voix confuses et un bruit de pas précipités lui firent tout à coup tourner la tête.

— Qu'y a-t-il? demanda-t-il à la première personne qui se trouva à portée de sa voix.

— Un accident au train de Londres, Monsieur.

— Un accident! Y a-t-il des blessés?

— Beaucoup, malheureusement. On en transporte plusieurs à l'hospice de la ville.

Une file de voitures et de brancards paraissait en effet sur la route.

— J'espère qu'il n'y a pas de morts, demanda le pasteur d'une voix tremblante.

— Pardon, on en connaît deux, l'aiguilleur et une femme.

— Et moi, je suis sauvé! se dit M. Hope avec émotion.

Puis cette question se présenta à son esprit : « Puis-je m'absenter dans de telles circonstances? »

Sachant qu'il y avait peu de lits vacants à l'hôpital, il autorisa les personnes qui dirigeaient le triste convoi à transporter au presbytère ceux des blessés qui pourraient ne pas y trouver place. Lui-même pressa le pas pour aller avertir sa femme, et prendre avec elle les mesures nécessaires à l'improvisation d'une ambulance.

A sa porte, il rencontra M^lle Jenny qui, montée sur la jument noire, se rendait chez l'avoué.

— Mademoiselle Hornbeck ! s'écria-t-il d'une voix agitée.

Celle de la meunière était pleine de raillerie lorsqu'elle lui demanda s'il n'était pas encore remis de sa frayeur.

— Je vais consulter M. Kays, ajouta-t-elle ; je reviendrai vous voir demain.

— Chère Mademoiselle, reprit M. Hope, au moment où nous étions les objets d'une grande délivrance, une terrible catastrophe avait lieu bien près de nous.

M^lle Jenny arrêta sa monture qui, par parenthèse, ne manifestait pas plus d'émotion à la vue de M. Hope que si elle et lui se rencontraient pour la première fois.

— Heuh ! dit la meunière après avoir entendu le récit du pasteur, je n'ai jamais pu souffrir les chemins de fer. Au moins quand je tiens les brides de mon cheval, je sais ce que j'ai à faire ;

mais une fois enfermé dans ces wagons, qui peut
prévoir quand et comment on en sortira?

— Ah! ma chère demoiselle, si prudent,
si habile qu'on soit, on est toujours exposé à
mille accidents. Quoi que vous en disiez, nous
avons couru ce matin les glus grands périls. J'espère que vous arriverez à sentir toute la reconnaissance que nous devons à Celui qui nous a
protégés.

Pour toute réponse, la meunière le gratifia
d'un « heuh » d'adieu, en donnant à sa monture
le signal du départ.

« Elle est aussi insensible qu'un bloc de gra-
nit, » pensa tristement le pasteur.

— Ah! mon ami, que je suis aise que tu aies
renoncé à ton voyage! dit M^me Hope en voyant
entrer son mari. J'avais besoin de te consulter
sur divers sujets.

— De mon côté, j'ai bien des choses à te
raconter.

Et le pasteur se mit à faire le récit des événements de la matinée.

— Tu vois, chère femme, remarqua-t-il en
terminant, combien tu as été près de connaître
par expérience le chagrin et les difficultés qu'en-
traîne toujours une mort subite. J'ai bien cru ne
te revoir jamais en ce monde.

— Dieu soit loué d'avoir veillé sur toi! Mais

tu sais, cher ami, que tu t'effraies facilement.

— Oui, j'en conviens. Je perds aisément la tête. Ai-je donc souffert, mon Dieu, pendant cette terrible descente à reculons! Tant de pensées se pressaient dans mon esprit que lorsque tout fut fini il me semblait avoir vécu un siècle. J'ai essayé d'adresser quelques paroles sérieuses à cette pauvre demoiselle Hornbeck; mais elle ne les a pas même écoutées. Ah! que le Seigneur nous préserve des morts subites!

— Cher ami, pour toi un tel accident eut été l'entrée subite dans la gloire. Mais après toutes ces émotions tu feras mieux de ne pas repartir aujourd'hui. Nous sommes trop vieux pour supporter impunément de si rudes secousses, et je ne puis prendre mon parti d'être laissée seule en ce moment.

La pauvre dame était pâle et agitée.

— Il le faut, mon amie, dit gravement le pasteur, sous peine de fournir à Jenny Hornbeck un argument contre la vérité chrétienne que je prêche chaque dimanche. Si je ne fais pas tout ce qui est humainement possible pour détourner le coup qui la menace, elle ne manquera pas de déclarer que la charité, le dévouement, la fraternité ne sont que de vains mots. Mon devoir me paraît donc clairement tracé : je partirai, s'il plaît à Dieu, par le train de trois heures, pour revenir les plus tôt possible t'aider dans la lourde tâche que tu vas sans doute avoir sur les bras. Je me sens déjà mieux. Et cette pauvre M$^{me}$ Flood, comment est-elle?

— Pauvre, pauvre femme! dit M$^{me}$ Hope avec un soupir.

# CHAPITRE V.

## L'HORIZON S'OBSCURCIT.

— Peut-on parler à M. Kays? demandait M<sup>lle</sup> Jenny, que nous retrouvons à la porte de l'avoué, tenant d'une main la bride de la jument noire, et son bâton de l'autre.

— M. Kays est absent, répondit un jeune gars qui s'efforçait de se donner des airs d'importance en fronçant le sourcil et portant sa plume derrière l'oreille; mais il y a M. Brasher.

M<sup>lle</sup> Jenny hésita : elle craignait d'avoir à payer aussi cher une entrevue avec ce M. Brasher qui n'avait aucun titre officiel à la confiance du public, qu'une consultation de l'homme de loi expérimenté dont elle était venue chercher les conseils.

— Quand attendez-vous le patron, jeune homme? demanda-t-elle.

Le « jeune homme » se redressant de toute la

L'AVOUÉ EST ABSENT.

hauteur de sa petite taille, parut se livrer à un calcul mental fort compliqué dont le résultat fut la déclaration suivante :

— M. Kays ne peut être de retour avant après-demain.

— Heuh ! s'écria M^lle Hornbeck que ce mot poursuivait comme un cauchemar.

—Est-ce que vous ne voulez pas voir M. Brasher? reprit le jeune clerc d'un ton qui semblait dire que ledit personnage valait bien la peine d'être vu.

M^lle Jenny hésitait encore, lorsque M. Brasher s'avança en personne, et trancha la question en ordonnant au commis d'emmener dans la cour le cheval de M^lle Hornbeck. Puis s'adressant à la meunière :

— Donnez-vous la peine d'entrer. Vous arrivez au bon moment, je me disposais à sortir.

Elle le suivit, de l'air peu satisfait d'une souris prise au piége.

M. Brasher n'avait jamais fait d'études de droit; mais grâce à une certaine perspicacité naturelle, jointe à un aplomb imperturbable et à beaucoup de persévérance, il était parvenu à se rendre indispensable à M. Kays. Jamais, pourtant, celui-ci n'aurait eu l'idée de lui confier quelqu'une de ces affaires délicates pour lesquelles une connaissance approfondie des lois est indispensable.

M. Brasher, qui ne doutait de rien, de ses mé-
rites personnels moins que de tout le reste, se
considérait comme méconnu. Ses manières étaient
tranchantes. Il se piquait d'avoir le coup d'œil
prompt et sûr, et vraiment plus d'un client avait
conçu une haute idée de son habileté en l'entendant résoudre avec assurance, dans un langage
hérissé de termes techniques, telle question sur
laquelle ils avaient pâli pendant de longues heures. Malheureusement ils ne tardaient pas à
pâlir de nouveau dès qu'ils abandonnaient le
terrain fantaisiste où l'infatigable parleur les
avait entraînés à leur insu.

Si absolue qu'elle fût elle-même avec ses su-
bordonnés, M$^{lle}$ Jenny détestait les gens absolus
et toujours satisfaits d'eux-mêmes ; la suffisance
de M. Brasher lui était insupportable.

— Qu'est-ce qui nous procure aujourd'hui
l'avantage de votre visite, Mademoiselle Hornbeck ? commença-t-il après avoir offert une chaise
à la meunière, et s'être lui-même perché sur un
tabouret en jetant son chapeau sur son pupitre.
Voilà bien longtemps que nous ne vous avons
vue. Il serait fâcheux pour nous que tous
nos clients s'entendissent aux affaires comme
M$^{lle}$ Hornbeck !

— Heuh ! dit M$^{lle}$ Jenny, c'est une sotte histoire, une prétention ridicule ! Vous n'avez sans

doute jamais entendu parler d'un cas semblable. Je suis contrariée que le patron n'y soit pas.

— Monsieur l'avoué ne s'est pas absenté *tout entier*, dit M. Brasher. J'ose espérer que la partie de lui-même qu'il a laissée à vos ordres suffira pour vous satisfaire.

Malgré ce discours, les yeux noirs de M<sup>lle</sup> Jenny continuaient à lancer autour de la chambre des regards mécontents. Si elle eût été bien sûre que la seule entrée dans une étude d'avoué ne se payât pas, elle se serait retirée sans plus de cérémonie; mais à tant faire que de délier les cordons de sa bourse, elle décida qu'il valait mieux que ce fût pour quelque chose que pour rien.

Elle se préparait donc à exposer l'affaire, lorsque M. Brasher reprit la parole.

— Voyons si je serai aussi heureux qu'à l'ordinaire dans mes conjectures; je gagerais qu'il s'agit de la rédaction d'un contrat?

M<sup>lle</sup> Jenny fit un geste qui marquait à la fois l'assentiment et la surprise.

— Ah! ah! vous voyez que je tombe juste. A vous maintenant, Mademoiselle, de me dire le nom de l'heureux mortel.

Cette fois, M<sup>lle</sup> Jenny ouvrit les yeux si grands que le clairvoyant M. Brasher comprit qu'il

n'était pas sur la piste. Évidemment, il ne
s'agissait pas du mariage de sa cliente. Il conclut
aussitôt qu'elle venait le consulter pour des
amis, et reprit avec aisance, comme pour expliquer simplement sa pensée :

— Celui auquel vous prenez la peine de vous
intéresser ainsi doit s'estimer heureux.

— Tout l'intérêt que je lui porte consiste à
faire ce qui est en mon pouvoir pour me débar-
rasser de lui le plus vite possible, dit M<sup>lle</sup> Jenny
qui, ayant naturellement supposé que M. Bras-
her faisait allusion au contrat de sa mère, ne
comprenait plus rien à ses observations.

De son côté, M. Brasher se sentait dé-
routé. Aussi, prenant la sage résolution de faire
trêve de conjectures, il croisa ses bras d'un air
solennel, en attendant les explications de sa
cliente.

Celle-ci les lui donna avec une visible répu-
gnance, et conclut en ces termes :

— Maintenant, je désire savoir si vous pouvez
me donner un avis qu'il vaille la peine de
payer ?

Quelques secondes de méditation silencieuse
suffirent à l'oracle pour se préparer à rendre
ses décrets.

— Vous êtes censée ne rien savoir encore ?
commença-t-il.

— Oui, personne ne se doute que Frédéric Banks soit venu m'avertir en ami.

— Ce Banks est un homme sûr, incapable de se prêter à une mystification ?

M<sup>lle</sup> Hornbeck n'hésita pas à s'en déclarer convaincue.

— Alors c'est une affaire sérieuse, très sérieuse ! Ayez l'obligeance de me répéter textuellement la teneur du papier que vous a lu votre ami Frédéric. Peut-être avez-vous le document ?

— Le voilà. C'est un tas de bêtises ; je ne l'ai pris que pour faire plaisir à Banks.

M. Brasher lut, fit une grimace, et dit en branlant la tête :

— Il ne faut pas se dissimuler la gravité de la situation. J'espère cependant que nous parviendrons à vous tirer de là. Quand attendez-vous la sommation ?

La voix de M<sup>lle</sup> Jenny tremblait légèrement en répondant aux questions de M. Brasher. Sans vouloir se l'avouer à elle-même, elle commençait à se sentir sérieusement inquiète.

— Vous ne prétendez pas, je suppose, que mon père ne m'ait pas laissé la propriété ? dit-elle d'un ton irrité.

— Il en avait l'intention ; mais si ceci est vrai, il n'en avait pas le droit. C'est grave, fort grave.

Et il lisait et relisait les notes, se demandant sans doute si les articles de loi auxquels on faisait allusion existaient en réalité, et avaient la portée qu'on leur attribuait.

— Enfin, que dois-je faire? Pour le moment, il ne s'agit que de cela, reprit M<sup>lle</sup> Jenny.

— Ce que vous devez faire?... Hum...

Il réfléchit un instant.

— Eh bien! il faut disparaître pendant quelques jours.

— Moi! disparaître!

— Oui, afin que l'avertissement ne puisse vous atteindre. Croyez-moi : le réclamant ayant attendu l'extrême limite du temps que la loi lui accorde pour faire valoir ses droits, si nous parvenons à retarder la marche des formalités préliminaires, nous le mettrons dans l'impossibilité de poursuivre. Faites donc savoir chez vous, sans plus tarder, que des affaires vous contraignent à faire un voyage de quelques jours.

Un voyage de quelques jours! Laisser le moulin à la garde de Jérémie, dans un moment où une tête pour diriger et des mains pour agir étaient plus nécessaires que jamais! M<sup>lle</sup> Jenny pourrait-elle s'y résoudre?

Un « heuh! » qui ressemblait à un soupir d'angoisse s'échappa de sa poitrine oppressée. Elle se laissa convaincre cependant par l'élo-

quence de M. Brasher, lequel affirmait sans rou-
gir que plusieurs cas offrant de frappantes ana-
logies avec celui de la meunière lui avaient déjà
été soumis, et que l'expérience lui avait appris
qu'il fallait jouer au plus fin.

Mˡˡᵉ Jenny consentit donc à se cacher pendant
trois ou quatre jours. Mais où se cacher?

— Ma femme vous recevra avec plaisir, dit
M. Brasher, et vous ne sauriez trouver une re-
traite plus sûre que notre villa, nᵒ 2, impasse
de Westphalie. Je me mets aussi à votre disposition pour faire ramener votre cheval au moulin et porter un message à vos domestiques, à
moins que vous ne préfériez leur écrire par la
poste?

— Oh! c'est inutile, dit Mˡˡᵉ Hornbeck qui
pensait au timbre-poste.

Sans lui donner le temps de réfléchir davantage, M. Brasher la pria de lui laisser les instructions qu'il s'engageait à faire transmettre
à Jérémie par un messager digne de confiance;
puis, sachant qu'un omnibus ne tarderait pas à
partir, il voulut l'y installer lui-même, en lui
recommandant de descendre avant la traverse
de Westphalie, afin que ses compagnons de route
ne pussent se douter du but de son voyage.

Quant à Mᵐᵉ Brasher, affirma-t-il, sa discrétion était assurée : la meunière pouvait la

mettre au courant des circonstances, en lui an-
nonçant pour le même soir l'arrivée de son mari.

En montant dans l'omnibus, M<sup>lle</sup> Jenny avait
cru remarquer qu'un voyageur de l'impériale
se penchait pour la regarder. Résolue de pousser la prudence jusqu'à ses dernières limites,
elle ne se contenta pas de descendre à une certaine distance de l'habitation de M. Brasher,
mais s'engagea à travers champs dans une direction opposée.

Son intention avait été de revenir sur ses pas
quand l'omnibus serait hors de vue; mais tout
en marchant elle se mit à réfléchir, et peu à peu
ses idées se modifièrent.

« Que vais-je faire chez ces gens-là! Qui sait
quel compte ils me présenteront si je m'installe
chez eux pendant trois jours? Et cette dame...
je ne la connais pas : qui me dit qu'elle ne va
pas me trahir? Après tout, ce Brasher peut
m'avoir donné un mauvais conseil : il n'est ni
avoué ni avocat, quoiqu'il ait l'air de s'y entendre passablement. Quel guignon que Kays soit
absent ! Ma foi, au petit bonheur : j'ai bien envie de retourner chez moi pour y attendre les
événements. »

M<sup>lle</sup> Jenny venait de prendre cette détermination quand elle aperçut à quelques pas une
petite chaumière.

« Avant tout, » pensa-t-elle, « je vais demander la permission de me reposer un peu. »

Elle s'approcha de la porte entr'ouverte : tout, à l'intérieur, avait un aspect misérable, et en temps ordinaire M<sup>lle</sup> Jenny aurait déclaré ne pas pouvoir entrer dans « un taudis aussi malpropre; » mais elle était sur pied depuis quatre heures du matin, et avait eu, comme on sait, pas mal d'émotions et de fatigues. Aussi, la lassitude l'emportant, elle fit le tour de la maisonnette dans l'espoir de rencontrer le propriétaire.

Une femme s'occupait en effet à peu de distance à quelques travaux champêtres.

— Je suis très fatiguée, lui cria la meunière ; puis-je me reposer un instant chez vous?

— Certainement, Madame.

Et quittant son travail, elle introduisit elle-même la promeneuse dans son humble logis dont elle lui offrit la meilleure chaise.

— Je regrette de n'avoir pas un feu plus brillant, dit-elle ; mais il sera vite ranimé.

M<sup>lle</sup> Jenny s'assit en serrant sa robe autour de ses jambes, et demanda un verre d'eau.

La paysanne lui présenta une tasse de petit-lait qu'elle but avec avidité.

— Ma bonne femme, dit ensuite M<sup>lle</sup> Jenny, je ne voudrais pas vous être à charge; mais si vous pouviez me procurer une bouchée à manger, je la payerais volontiers.

La femme alla prendre la moitié d'un pain dans le buffet, et le lui présentant avec un couteau :

— Prenez-en ce qui vous fera plaisir, dit-elle; c'est tout ce que j'ai à vous offrir pour le moment.

Puis elle retourna à son travail, en recommandant à M<sup>lle</sup> Hornbeck de se considérer comme chez elle.

Le pain était dur et de qualité médiocre; mais M<sup>lle</sup> Jenny n'était pas difficile. Il lui était également indifférent de rester seule.

En examinant la pauvre chambre, elle ne tarda pas à s'apercevoir qu'elle était plutôt délabrée que sale, et que seuls le maçon et le peintre possédaient le secret de lui donner un aspect plus engageant.

Lorsque la femme rentra, au bout d'une demi-heure environ, il pleuvait assez fort; aussi engagea-t-elle M<sup>lle</sup> Jenny, qui se disposait à partir, à attendre la fin de l'averse.

— Peut-être le mauvais temps augmentera-t-il, répondit la meunière; d'ailleurs je craindrais de vous déranger en restant plus longtemps.

— Oh! il n'y a pas de risque. Quand il n'y a ni

homme ni enfants dans une maison, on s'arrange toujours.

— Vous demeurez donc toute seule? Je ne me souviens pas de vous avoir jamais rencontrée par ici.

— Il n'y a que huit jours que j'y suis. Je garde la maison de mon beau-père qui avait besoin de faire un voyage à Hicleton.

Ce nom fit tressaillir M$^{lle}$ Hornbeck : il lui semblait que personne ne pouvait aller à Hicleton sans être directement ou indirectement mêlé à ses affaires.

— Qui est votre beau-père? demanda-t-elle.

— Oh! dit la femme, il est bien connu par ici; on l'appelle Price *du moulin*, à cause de tout le temps qu'il y a passé et des services qu'il leur a rendus là-haut.

M$^{lle}$ Jenny toussa d'un air embarrassé.

— Le beau-père est allé trouver M. Hornbeck à Hicleton, poursuivit la femme qui, ne se doutant guère de l'effet que produisait chacune de ses paroles, avait fait rasseoir sa visiteuse. Il a travaillé chez son père pendant de longues années, jusqu'à ce qu'il fût devenu sourd ; alors, comme il ne pouvait plus faire le meunier, le maître lui a loué la petite ferme qu'on appelait la ferme du moulin, lui promettant de l'y laisser aussi longtemps qu'il en payerait régulièrement

le loyer. Mais la fille qui a hérité de tout le domaine a mis le pauvre vieux à la porte sans un
sou de dédommagement ; ce qui l'a réduit à la
misère, comme vous pouvez le comprendre.
Voyez-vous, cette femme n'a pas de cœur, ça
fait horreur d'y penser !

Mlle Jenny regardait attentivement ses chaussures de cuir, comme si elle y eût découvert
tout à coup quelque grave défaut.

— Et savez-vous ce qu'on m'a dit depuis que
je suis ici ? continua la femme en s'animant de
plus en plus. Il paraît qu'elle va commettre la
même infamie à l'égard de trois vieilles femmes
que son père s'était engagé à loger leur vie durant. Oh ! mais, voyez-vous, le bon Dieu la pu-
nira ! Elle tâtera de la misère, elle aussi.

— Heuh ! laissa échapper la meunière.

— Il paraît qu'elle sait faire argent de tout.
Le beau-père prétend qu'un de ces jours on verra
le moulin transformé en monceau d'or. Mais
qu'est-ce que ça lui servira en fin de compte, à
cette malheureuse ? Croit-elle donc qu'elle
pourra emporter tous ses trésors ?

L'exclamation favorite de Mlle Jenny expira
sur ses lèvres. La respiration lui manquait ; elle
se sentait comme rivée sur sa chaise.

L'autre, qui prenait son silence pour de l'acquiescement, parlait toujours.

— Le châtiment peut tarder à venir; mais il viendra, soyez-en sûre. Dieu est juste : il vengera tous ces malheureux à qui elle a retiré le pain et un abri. Elle le sentira bien sur son lit de mort!

La paysanne, qui allait et venait dans la chambre, s'arrêta à ce moment vis-à-vis de M<sup>lle</sup> Jenny dont elle remarqua les traits bouleversés.

— Vous avez raison de la plaindre, Madame; moi-même, je ne peux m'en empêcher. Quand les mauvais jours arriveront pour elle, elle aura beau gémir et se lamenter, personne ne lui viendra en aide. Elle sera malheureuse en ce monde, sans parler de ce qui l'attend dans l'autre. Tenez, ça me fait frémir de penser à toutes les malédictions qui pèsent sur sa tête!

Tandis que cette femme s'exaltait de plus en plus, l'émotion de M<sup>lle</sup> Jenny augmentait au point de la paralyser. Elle ne se levait pas parce qu'elle sentait qu'il lui serait impossible de se tenir debout.

— Et pourtant, reprit la femme, tout en préparant du petit bois pour ranimer son feu, je me souviens que quand le beau-père venait nous voir, il nous racontait que la femme du vieux meunier, — la mère de celle-ci, — était une sainte femme qui faisait autant de bien

qu'elle le pouvait. C'est en souvenir d'elle que
M. Hornbeck lui avait donné la petite ferme du
moulin pour y mourir en paix. Eh bien, ne sentez-vous pas qu'une fille qui méprise ainsi les
volontés de ses parents doit être maudite, oui,
maudite, aussi vrai que je vais casser ce rondin?

Elle appuya le morceau de bois contre son
genou, et un « crac » éclatant vint ajouter à
l'énergie de ses paroles.

M<sup>lle</sup> Jenny était d'une pâleur mortelle. La
femme s'en aperçut. L'expression de son visage
s'adoucit aussitôt, et d'une voix pleine de bonté
elle l'engagea à se rapprocher du feu, tandis
qu'elle irait voir au poulailler si par bonheur
une des poulettes qu'élevait son beau-père
n'aurait pas fait son œuf.

M<sup>lle</sup> Jenny essaya de répondre; mais aucun
son ne sortit de son gosier. Cependant elle
avança sa chaise, en s'efforçant de prendre un
air indifférent. Alors la bonne femme, oubliant
son œuf, reprit le sujet qui lui tenait tant à cœur.

— On assure que le domestique qu'elle a
maintenant deviendra imbécile pour peu que ça
continue. Elle le paye le moins possible, et le
fait travailler comme un âne. Oh! c'est une...

— Pourquoi reste-t-il, ce domestique? de-
manda M<sup>lle</sup> Jenny à qui la colère rendait subitement la voix.

— C'est un nigaud, dit la femme en haussant les épaules, ou plutôt... non, c'est un brave garçon qui pousse la reconnaissance plus loin que de raison. La bonne dame Hornbeck s'est intéressée à lui dans son enfance; et comme elle l'a placé elle-même au moulin, il se figure qu'il ne doit pas le quitter jusqu'à ce qu'on le mette à la porte, ce qui ne manquera pas de lui arriver dès qu'il s'affaiblira ou deviendra dur d'oreille.

— Heuh! dit M^lle Jenny qui sentait des pensées étranges bouillonner dans son cerveau.

— Dieu nous préserve de l'avarice! reprit la paysanne. Quant à moi, j'aimerais mieux manger du pain et boire de l'eau ma vie durant que de vendre mon âme!

— Vendre votre âme? répéta M^lle Jenny, comme si elle ne comprenait pas.

— Eh oui, c'est ce que fait cette malheureuse, ni plus ni moins! Elle ne pense qu'à entasser, entasser, toujours entasser. Mais elle le sentira se changer en feu et en soufre, son or maudit, dans le lieu de torture où elle ne tardera pas à descendre!

Le regard de triomphe qui accompagna ces sinistres paroles détruisit le salutaire effet qu'elles auraient pu produire si un meilleur esprit les eût dictées. M^lle Jenny se leva résolument : elle était redevenue *elle-même*.

— Adieu, dit-elle; voici deux sous pour le pain que vous m'avez fourni. Je n'en ai pas mangé pour autant que cela, mais c'est égal. Je vous remercie de m'avoir laissé me réchauffer un peu.

— Il pleut plus fort que jamais, fit observer la paysanne qui, sans trouver la société de cette étrangère fort agréable, la préférait néanmoins à la solitude absolue dont elle était menacée pour le reste du jour.

Elle disait vrai : il pleuvait à torrents. En général, M<sup>lle</sup> Hornbeck se montrait parfaitement insensible aux intempéries des saisons; mais ce jour-là, la crainte de prendre mal traversa son esprit. Un frisson agitait ses membres, et elle demeurait indécise sur le seuil de la porte.

— Il vaut mieux attendre encore, insista son hôtesse qui, dès qu'elle cessait de parler de la demoiselle des Quatre-Prairies, avait des manières pleines de cordialité. Tenez, je vais vous faire voir une jolie carte coloriée que m'a laissée hier un brave homme de colporteur. Il m'a demandé la permission de se reposer un moment au coin du feu, et s'est assis là même où vous êtes.

Elle enleva les épingles au moyen desquelles elle avait appliqué la carte contre le mur, et après en avoir fait admirer l'illustration à

M$^{lle}$ Hornbeck, se mit à lire le texte à haute voix. C'étaient des sentences de l'Ecriture sainte qu'elle ne manqua pas de commenter, en les appliquant directement à la meunière.

« Travaillez, non pour la nourriture qui périt, mais pour celle qui demeure jusque dans la vie éternelle. » — « Ne te vante point du jour de demain ; car tu ne sais pas ce que ce jour amènera. » — « Qu'est-ce que votre vie ? Une vapeur qui paraît au matin et s'évanouit bientôt. »

— Je laisserai cela ici pour consoler le pauvre vieux, dit la femme en remettant les épingles. Cela remonte un peu de penser que celle qui lui a volé « cette nourriture qui périt » ne pourra jamais le dépouiller de *l'autre* dont elle ne goûtera pas, elle ! Non, non, le bon Dieu est juste.

Encore une fois, le ton amer et irrité de la pauvre femme, la soif de vengeance qui se lisait dans son regard, contrebalança l'effet de ses réflexions. D'ailleurs M$^{lle}$ Jenny était distraite par l'inquiétude que lui causait le départ du vieux Price. S'efforçant de prendre un air indifférent, elle demande tout à coup :

— Qu'est-ce que votre beau-père est allé faire à Hicleton ?

— Oh ! ça, je n'en sais rien ; c'est une affaire entre lui et celui qui l'a fait appeler, répondit

la femme d'un ton mystérieux. Il ne le savait
pas lui-même quand il est parti. M. Hornbeck
lui a seulement fait dire qu'il désirait lui parler,
et pourrait peut-être lui annoncer une nouvelle
qui lui ferait plaisir. Je suppose qu'il veut l'aider quelque peu, par respect pour le désir de
son père qui tenait tant à le préserver de la misère dans ses vieux jours. Certes, il n'y serait
pas tombé si cette créature du moulin était tant
seulement chrétienne.

Mˡˡᵉ Hornbeck se dirigea de nouveau vers la
porte; de nouveau, la femme lui fit remarquer
que, loin de diminuer, la pluie redoublait de
violence, et que le vent avait pris les propor-
tions d'une véritable tempête.

— Dès qu'il y aura un peu de calme, dit-elle,
j'irai au poulailler, et vous ne partirez qu'après
vous être restaurée un peu.

Mais rien ne pouvait plus retenir la meunière.
L'orage qui grondait au dedans d'elle couvrait
tous les bruits du dehors et la rendait insensible aux troubles de l'atmosphère.

« Il est allé comploter contre moi avec Christophe, » pensait-elle; et semblable à un glas
funèbre, le solennel avertissement biblique lui
revenait à la mémoire : « Ne te vante pas du
jour de demain. »

Alors elle se raidissait : « Qu'ils complotent,

qu'ils agissent, qu'ils remuent ciel et terre : après tout, que m'importe? Je suis dans mon droit. »

Et elle marchait d'un pas rapide, ne sachant où elle allait.

Elle résolut enfin de revenir à son premier programme, et prit la direction de la villa Brasher; mais à peine avait-elle fait quelques pas que toutes ses précédentes objections se présentaient de nouveau à son esprit.

« Ce Brasher n'est qu'un commis; peut-être veut-il faire ses affaires à mes dépens. »

Elle rebroussa chemin. Mais où aller? car décidément elle ne croyait pas prudent de rentrer au moulin.

Les chemins se transformaient en torrents. Ses vêtements ruisselaient; chaque fois qu'elle posait le pied dans les flaques profondes, l'eau jaillissait dans ses chaussures et rendait sa marche de plus en plus pénible. Si du moins elle avait pu rejoindre la grande route; mais elle craignait d'être reconnue.

Pauvre M<sup>lle</sup> Jenny! Elle qui si souvent s'était vantée de ne pas savoir ce qu'étaient la fatigue ou le découragement, elle tremble de tous ses membres. Jamais sa maison ne lui a paru aussi chère, cette maison qui bientôt peut-être ne sera plus la sienne, et dont (provisoirement au moins) elle se trouve exilée.

Qui lui eût dit, la veille, par quelles angoisses elle passerait aujourd'hui ? Et qu'en sera-t-il du lendemain ?

Tandis qu'elle réfléchissait au détour d'un sentier, un homme vint à passer, et lui adressa la parole d'un air de bonne humeur :

— Hein, Madame, voilà une pluie dont on se souviendra ?

— Oui, répondit M<sup>lle</sup> Hornbeck.

— Elle fera du bien à la campagne, sans doute ; mais je plains les personnes qui sont sorties en belle toilette.

Et il regardait en riant ses pauvres habits qui « ne risquaient pas d'être abîmés, » bien qu'ils fussent aussi trempés que s'ils sortaient de la rivière.

— Où allez-vous donc par ici ? demanda M<sup>lle</sup> Hornbeck.

— Chez moi, Madame. Dieu merci j'ai un toit pour m'abriter.

— Est-ce près ? Je me trouve fort loin de chez moi, et voudrais bien rencontrer un abri.

— Ma maison est à votre service, bien sûr ; seulement je doute que vous y restiez longtemps. Ça ne peut guère convenir qu'aux gens comme moi.

— Que je puisse seulement me sécher un peu et rester à couvert jusqu'à ce que cette abominable pluie ait cessé, c'est tout ce que je demande, répondit M<sup>lle</sup> Jenny.

— M'est avis, ma bonne dame, qu'elle ne cessera ni aujourd'hui ni même demain. Quant à après-demain, par exemple, qui pourrait prévoir ce qu'il nous apportera? Venez par ici.

M<sup>lle</sup> Jenny suivit son guide en silence, méditant avec une vague terreur sur ces deux mots : *Demain! Après-demain!*

# CHAPITRE VI.

## LA VOIX DOUCE ET SUBTILE.

Bien chétive en effet était la cabane où fut introduite la meunière : une hutte faite de boue et de chaume, si fragile, si délabrée que vraiment c'était miracle qu'elle pût tenir contre les vents du nord.

— Vous comprenez, Madame, expliqua le bonhomme en enlevant le cadenas qui fermait sa porte vermoulue, pour que j'aie pu l'acheter, fallait pas que ça fût cher ; aussi n'est-ce pas trop commode ; mais enfin bien heureux de l'avoir, voilà ce que je me dis.

S'il était vrai de dire que Jérémie n'avait rien à perdre, qu'en était-il du propriétaire de cette étrange habitation, laquelle n'avait pas même de fenêtre ! Il est vrai que par les fentes des murs et les crevasses du toit, l'air arrivait en abondance, et la lumière en quantité suffisante pour le maître de céans qui n'était en général chez lui que la nuit.

— Il y a un inconvénient qui m'a contrarié davantage, dit-il à sa visiteuse ; c'est la cheminée : elle est si large et si droite que la pluie éteignait toujours mon feu dans les premiers temps. J'ai essayé de boucher un peu l'ouverture ; mais alors la fumée m'étouffait. Cependant, à force de réfléchir et de faire des expériences, j'ai trouvé moyen de me tirer d'affaire. Quand la pluie vient de ce côté, je pousse bien le feu dans ce coin ; quand elle vient de l'autre, je fais le contraire. Quand elle tombe droit au beau milieu, comme en ce moment, vous voyez comment je m'arrange : je tire le feu en avant et je mets mon *tian* derrière pour recevoir l'eau.

Tout en parlant, le brave homme faisait comme il disait. Une fois le feu allumé, il approcha la pile de briques qui lui servait habituellement de siège, et l'offrit à l'étrangère avec autant de dignité que s'il se fût agi d'un fauteuil de velours.

— Vous êtes tellement mouillée, ma pauvre dame, lui dit-il, qu'une infusion bien chaude vous fera du bien : j'ai tout ce qu'il faut pour vous l'offrir.

Il remplit d'eau une cafetière de fer-blanc, la

plaça au milieu du brasier et produisit ensuite une tasse de faïence peinte qui trônait seule sur une petite tablette de sapin.

Mˡˡᵉ Jenny aurait souri de la gravité comique avec laquelle ce brave garçon remplissait ses devoirs d'hôte attentif et hospitalier, si elle eût eu le courage de sourire ; mais le sentiment de sa situation l'accablait.

Elle accepta le breuvage préparé à son intention. Son compagnon, assis par terre, continuait à énumérer les avantages de son installation, en attendant que son tour vînt de se servir de la tasse.

— C'est tout ce qu'il me faut, voyez-vous : la chambre étant si petite, ça tombe bien que je n'aie ni mobilier, ni garde-robe.

Mˡˡᵉ Jenny, qui sentait que la politesse la plus élémentaire l'obligeait à le questionner sur sa position, apprit qu'il était étameur, et avait pour clientèle les ménagères de quelques pauvres hameaux dispersés à l'est de Hancock.

— Vous n'allez pas souvent en ville, je suppose ? lui demanda-t-elle.

— Rien que les dimanches.

— Ah ! vous travaillez le dimanche ?

— Non, non, Madame ; grâce à Dieu, j'en ai fini avec ces mauvaises pratiques ; mais je vais entendre prêcher M. le pasteur Hope, quelque temps qu'il fasse. Ce bon monsieur me donne à dîner là-bas. En voilà un que Dieu bénira, car il a pitié du misérable.

— Y a-t-il loin d'ici à Hancock? demanda M<sup>lle</sup> Jenny qui se sentait mal à l'aise dans ces parages inconnus.

— Une petite lieue et demie, répondit l'étameur; mais je pense à ce qui m'attend au bout, et le chemin ne me paraît jamais long.

— Vous pensez au dîner? fit M<sup>lle</sup> Jenny.

— Dame! je ne dirai pas que la perspective d'un petit morceau de viande ne soit pas agréable quand on n'en goûte pas de la semaine, d'autant que la pensée que c'est notre Seigneur qui me l'envoie me le fait paraître encore meilleur; mais je vous assure, Madame, que lors même qu'on ne me donnerait pas une bouchée à manger au presbytère, je n'en irais pas moins entendre la bonne parole de Dieu et chanter ses louanges avec les chrétiens. J'aime le Seigneur Jésus, Madame, et je n'échangerais pas la joie que cet amour met dans le cœur pour toutes les richesses de ce bas monde.

— Le Seigneur ne semble pas avoir été bien généreux à votre égard, remarqua M<sup>lle</sup> Jenny d'un ton railleur.

— Oh! Madame, ne parlez pas ainsi! s'écria l'étameur avec une douloureuse émotion. Il s'est donné lui-même, donné pour moi!

9

— Pour vous ?

— Oui, pour moi. Pour vous aussi, si vous
voulez accepter son sacrifice. « Bienheureuse
est celle qui a cru, » dit l'Evangile, « car les
choses qui lui ont été promises de la part du Seigneur auront leur accomplissement. »

— Quelles sont ces choses ?

— Toutes celles dont nous avons besoin. Le
Seigneur n'a-t-il pas promis de prendre soin de
ses enfants ?

— Ainsi... une supposition : je me trouve un
jour dans l'embarras ; d'après vous, je n'ai qu'à
prier Dieu de me venir en aide, et mes affaires
s'arrangeront.

— Sans doute, si vous le priez avec confiance.
Seulement, Madame, faites attention que pour
vous tirer de vos embarras, il vous fera peut-
être passer par un chemin que vous n'auriez
pas choisi : « Ses voies ne sont pas nos voies. »

— Je suppose que vous ne lui avez jamais
demandé grand'chose, à en juger par ce qu'il
vous a donné? reprit M<sup>lle</sup> Jenny de son ton ironique.

— Je vous en prie, ne dites plus cela, Madame ! s'il m'avait traité comme je le mérite,
je serais perdu à l'heure qu'il est, perdu sans
retour !

M<sup>lle</sup> Jenny leva sur lui son regard perçant.

— Vous avez donc mené une mauvaise vie? demanda-t-elle.

— Oui, Madame. Non pas que j'aie eu de mauvais exemples dans ma jeunesse; seulement j'ai été un de ces insensés dont parle la Bible qui « méprisent l'instruction de leur père. » J'ai voulu marcher comme me menait mon mauvais cœur, et j'ai brisé le sien, pauvre père ! Je ne songeais pas alors que ce que l'homme sème, il le moissonnera. Depuis, j'ai fait l'expérience de cette vérité et de beaucoup d'autres. Mais Dieu est si bon que la moisson n'a pas été proportionnée aux semailles.

— Heuh! exclama M<sup>lle</sup> Jenny devenue pensive.

— Je vivais comme s'il n'y avait pas d'avenir; j'avançais toujours sur la route du mal sans songer à ce qu'il y avait au bout, jusqu'à ce que Dieu m'ait crié : « Arrête, malheureux, ne va pas plus loin. »

Une seconde exclamation échappa à la meunière.

— Hé oui ! poursuivit l'étameur : le Seigneur m'a fait manger du fruit de mes œuvres juste assez pour m'ouvrir les yeux sur ma coupable folie. Après que j'ai eu gaspillé mon patrimoine, usé mes forces, éloigné de moi tous mes amis, alors que je me croyais à tout jamais perdu, j'ai appris que le salut était pour moi, puisque Jésus est venu chercher et sauver ceux qui sont perdus.

— Je gagerais que vous tenez tout cela de la réunion des méthodistes! dit M<sup>lle</sup> Jenny d'un ton méprisant.

— J'y ai entendu, en effet, beaucoup de bonnes choses; mais, après Dieu, c'est à M. le pasteur Hope, de Hancock, que je dois mes premières impressions religieuses. C'est lui qui m'a dit : « Crois, pauvre pécheur, crois au Seigneur Jésus. Tes péchés sont grands, mais sa miséricorde est plus grande encore. »

— Heuh! fit M<sup>lle</sup> Jenny avec un mouvement d'épaule, toujours ce même mot : *Crois!* Fais tout ce que tu voudras, pourvu que tu aies la foi.

— Madame, dit gravement l'étameur, vous vous trompez, si vous croyez qu'on peut avoir la foi et vivre dans le péché; ce sont deux choses qui ne peuvent pas aller ensemble. Quand j'ai tourné le visage vers le Sauveur, j'ai tourné le dos à mes péchés. C'est le Saint-Esprit qui nous donne la foi, et en même temps il change nos pensées, nos désirs, notre manière de vivre.

— Mais enfin, comment savez-vous que vos péchés sont pardonnés?

— Je le sens là, Madame, dit l'humble chrétien d'une voix émue, en appuyant la main sur son cœur. J'ai la paix, parce que je crois que Dieu ne peut mentir, et qu'il a dit lui-même : « Je ne mettrai point dehors celui qui viendra à moi. » Maintenant, il a dit aussi : « Ce que l'homme sèmera, c'est ce qu'il récoltera. » J'ai semé moi-même la malédiction sur mes ressources temporelles; donc je ne peux pas espérer d'être béni de ce côté-là. Je dois m'estimer assez heureux d'être délivré de la perspective de l'enfer, et d'avoir ici-bas un toit et un morceau de pain jusqu'au jour où le Seigneur me recueillera dans le ciel. La faim est une triste compagnie, j'en conviens; mais quand elle vient me visiter, je n'ai qu'à me dire : « C'est le fruit de tes œuvres, » pour l'accepter sans murmure.

— Il ne pleut presque plus, dit M<sup>lle</sup> Hornbeck; je vais partir. Prenez ceci. Quelque jour peut-être nous nous reverrons.

— Que Dieu vous le rende, Madame ! s'écria le pauvre homme; vous ne savez pas le bien que vous me faites. Personne ne m'a payé aujourd'hui, en sorte que je n'ai pu apporter un morceau de pain à la maison. Mais je vais aller chez la marchande ici près, et grâce à vous je ne me coucherai pas sans souper. Que Dieu vous bénisse !

Il paraissait si reconnaissant que la meunière se sentit émue.

— Pourquoi n'achetez-vous pas à crédit dans des cas comme celui-ci? demanda-t-elle.

— Je ne trouve pas que ce soit prudent. Personne, vous savez, ne peut répondre du lendemain. Si je venais à mourir avant d'avoir pu m'acquitter, il me semble que je serais un voleur.

— Le lendemain! encore et toujours ce *lendemain*.

M^lle Jenny soupira.

Indirectement, elle questionna son hôte sur le chemin le plus court pour regagner le moulin des Quatre-Prairies. Le courage lui manquait pour chercher un autre asile.

La pluie avait fait place à un brouillard intense, circonstance favorable, pensait M^lle Jenny, puisqu'elle la dérobait aux regards indiscrets.

Bien abattue de corps et d'esprit, mais résolue à un violent effort, elle s'engagea dans le sentier à travers champs que lui avait indiqué l'étameur. Tout en marchant, elle réfléchissait à ce qu'elle venait d'entendre. Les vérités si brutalement exprimées par la femme Price n'avaient fait que l'irriter; comme autrefois le prophète, elle n'avait point reconnu la voix de l'Eternel dans le tourbillon; mais l'humble témoignage du pauvre ouvrier avait remué son cœur, comme cette voix douce et subtile qui précéda pour Elie l'apparition de l'Eternel.

Il lui eût été difficile de définir ce qu'elle éprouvait; mais au milieu des pensées étranges qui se pressaient confusément dans son esprit, il y avait comme une demi-résolution de laisser les veuves dans leurs chaumières; puis, plus vague encore, le projet d'un acte de réparation à l'égard du vieux Price, auquel elle savait avoir fait un tort réel, en foulant aux pieds une des dernières volontés de son père.

Laissant M^lle Hornbeck absorbée dans des réflexions si nouvelles pour elles, nous retournerons au presbytère.

Les détails que M^me Hope avait hâte de communiquer à son mari renouvelèrent l'indécision du pasteur au sujet de son départ pour Hicleton; tant de devoirs pressants s'imposaient à lui qu'il ne savait quel parti prendre.

A sa grande surprise, nous pourrions dire à son extrême stupéfaction, il apprit que M. Flood, qu'il avait toujours considéré comme le plus opulent de ses paroissiens, était mort, sinon insolvable, du moins laissant à peine de quoi payer ses dettes.

— Et le malheureux n'avait pris aucune disposition pour assurer l'avenir de sa famille?

— Hélas! mon ami, comme tant d'autres, il vivait au jour le jour. Sa femme assure cependant qu'il parlait de diminuer leur train de mai-

son, afin de pouvoir mettre quelque chose de
côté en vue de l'avenir; mais la mort est venue
le surprendre avant qu'il ait commencé de mettre son projet à exécution; et la voilà, elle, avec
ses huit enfants, absolument sans ressources.
Sa famille n'est pas assez riche pour l'aider effi-
cacement.

— Pourtant, il faut faire quelque chose, dit
M. Hope. D'ailleurs M. Auguste Flood est riche;
il ne refusera pas de s'intéresser aux enfants de
son frère.

— Pas si riche qu'on le pense, cher ami.
M^{me} Flood assure qu'il était aussi imprudent que
son mari. Il paraît même qu'il leur avait em-
prunté plusieurs sommes importantes dans lesquelles elle ne rentrera jamais. Tout ce qu'il peut
faire, c'est d'offrir à cette malheureuse famille
un asile provisoire.

— Incroyable! s'écria le pasteur. Comment
peut-on méconnaître à ce point ses obligations
les plus sacrées, oublier un devoir imposé par la
nature aussi bien que par la religion, jouir du
jour présent sans songer au lendemain! Hélas!
comme je le disais hier à cette pauvre M^{lle} Hornbeck, le solennel *après-demain* qui se lèvera
pour chacun de nous leur fera voir toute la coupable légèreté de leur conduite. Certes, je ne
me permets pas de juger ce pauvre Flood : à

Dieu seul appartient les secrets des cœurs ; toutefois je suis bien aise d'avoir rappelé dernièrement en chaire la légitimité d'une sage prévoyance dans nos affaires temporelles, bien que
M<sup>lle</sup> Jenny prétende que mon sermon encoura-
geait l'égoïsme et la cupidité.

— M<sup>me</sup> Flood m'a parlé de ce sermon ; il paraît que son pauvre mari en avait été très
frappé.

— Et pourtant, là encore le résultat pratique
a été nul. Aussi n'avons-nous pas de temps à
perdre pour y remédier autant qu'il est en nous.
Il faut battre le fer pendant qu'il est chaud.
Aide-moi à dresser une liste des personnes en
position d'être utiles à cette pauvre famille.

— Alors, tu renonces à ton voyage ?

— Ah ! ce voyage à Hicleton ! Je dois le faire
pourtant. Mais je tiens à écrire avant une ou
deux lettres. Je partirai par le dernier train.

— Avec ton asthme, cher ami !

— Il me serait plus agréable de partir sans
lui, dit M. Hope en riant ; mais la chose n'est
point aisée.

— Pardon, Monsieur, dit Marie en ouvrant
précipitamment la porte, on vous demande tout
de suite au moulin des Quatre-Prairies.

— Au moulin ? Qu'est-il donc arrivé ?

— Je ne sais pas, Monsieur. L'homme qui

est venu était si pressé que nous n'avons pu le questionner ; il m'a seulement recommandé de prier M. le pasteur de se dépêcher, s'il voulait arriver à temps ; ensuite, il a couru chercher un docteur.

— Dites à Thomas d'atteler au plus vite, dit le pasteur.

Puis, se tournant vers M^me Hope :

— Est-ce que cette pauvre femme serait?... C'est peut être un ouvrier pris dans les engrenages. Aide moi à remettre mon pardessus. Tu voudras bien, n'est-ce pas, chère amie, me préparer cette liste? Je descends pour presser Thomas.

Mais il y a des gens qu'il est inutile de presser. Thomas était du nombre. Sa maîtresse avait coutume de dire qu'il sortirait à pas comptés d'une maison en flammes ; et vraiment la patience de M. Hope était mise souvent à une rude épreuve.

— Eh bien! Thomas, où en êtes-vous?

— Cette espèce de meunière a fait un si bel ouvrage qu'il n'y a plus moyen de s'y reconnaître, répondit Thomas, en examinant une des boucles du harnais de l'air d'un connaisseur qui préparerait la critique d'une œuvre d'art.

— N'importe, n'importe, dépêchez-vous! Si le harnais ne peut plus se mettre, j'irai à cheval.

MARGUERITE MARTIN DEMANDE UNE RECOMMANDATION.

Répétition intentionnelle d'une image

NF Z 43-120-4

— A cheval ! Monsieur n'y pense pas, avec ce mauvais temps.

Et il passa tranquillement la bride dans la boucle.

— Quant à atteler *à la précipité*, sans s'assurer si tout est en règle, Monsieur me permettra de lui dire que c'est assez de verser une fois dans un jour.

M. Hope insista de nouveau sur la nécessité de faire diligence. Il commençait à perdre patience quand la veuve Martin parut dans la cour.

— Hé ! Monsieur, s'écria-t-elle, j'arrive juste à temps pour vous dire un petit mot. Je viens vous demander si vous voudriez avoir la bonté de me recommander à l'infirmerie pour garde-malade.

— Vous ! garde-malade ? Ma pauvre Marguerite, y pensez-vous ?

— Je sais que j'en serais capable, Monsieur : c'est moi qui ai soigné autrefois la chère dame Hornbeck, et ensuite le vieux maître. Depuis lors, qui sait combien de malades ont passé par les mains de la vieille Marguerite ! Voilà pourquoi, si Monsieur veut seulement écrire un mot en ma faveur, je crois qu'on sera content de moi.

— Mais ce sera trop fatigant pour vous maintenant.

— Je ne crois pas, Monsieur. Quand je ne pourrai plus aller, je m'arrêterai ; mais puisque je me sens encore un peu de force, il me semble que je ferai mieux de l'employer utilement que d'entrer tout de suite à l'Asile.

— Je comprends qu'il vous répugne d'aller à l'Asile, commença M. Hope.

Mais Marguerite l'interrompit :

— Cher pasteur, croyez que je serai reconnaissante d'y trouver place, si c'est là que le Seigneur veut que je finisse mes jours ; mais je ne crois pas qu'il soit honnête de manger le pain de la paresse tant qu'on peut gagner sa vie. Je vous en prie, recommandez la vieille Marguerite. Je sais qu'à cause de ce terrible accident on a besoin de gardes supplémentaires ; et lors même qu'on ne pourrait pas me payer, je tiens à offrir mes services.

Comment résister à de si touchantes instances ?

— Eh bien ! dit le pasteur, voici ce que j'écrirai au comité :

« Si je tombe malade, j'affirme que c'est Marguerite Martin que j'appellerai pour me soigner, de préférence à toute autre personne. »

En ce moment, la voix de Thomas se fit entendre.

— Monsieur, la voiture est prête.

— Ah!... Ma pauvre Marguerite, je suis très
pressé; il m'est impossible d'écrire maintenant.
Allez trouver M^{me} Hope, et dites-lui ce qui en
est. Je suis sûr qu'elle vous recommandera volontiers.

Le visage de la vieille femme se rembrunit :
ferait-on autant de cas de la recommandation
de madame que de celle du pasteur? Elle hésita
un instant; mais, se rassérénant bientôt :

« Après tout, » pensa-t-elle, « il se peut que je
me fasse illusion sur mes capacités, et que ceci
arrive pour m'arrêter. Cependant j'ai si bonne
envie d'essayer! Allons voir M^{me} Hope. Si elle
consent à me donner un mot de billet et que la
chose réussisse, tant mieux; sinon, ce ne sera
pas la première fois que j'aurai eu à dire : La
volonté de Dieu soit faite! N'est-ce pas Lui qui
dirige toutes choses? »

Or, il advint que M^{me} Hope approuva complètement le projet de Marguerite; elle rendit un
témoignage si convaincu à son savoir-faire et à
son dévouement que le succès fut complet.

Le comité, en séance quand la veuve se présenta, s'occupait précisément des mesures à
prendre pour procurer des aides aux infirmières. Si bien que le même soir Marguerite était
installée dans une petite chambre particulière
où un monsieur, victime de l'accident, avait été

transporté. Sa blessure, quoique grave, n'était
pas considérée comme dangereuse; mais l'extrême irritabilité de son caractère, ses exigences
et ses plaintes continuelles avaient déjà décou-
ragé plusieurs infirmières.

  L'expression ferme et douce à la fois de la nouvelle venue donna aux docteurs l'espoir d'avoir
enfin trouvé la personne dont ils avaient besoin.

  Tandis que l'infirmière en chef donnait à la
nouvelle garde ses instructions pour la nuit, le
malade avait la figure tournée du côté du mur,
et gémissait piteusement. La voix enjouée de
Marguerite répondant à sa compagne lui fit
tourner la tête; malheureusement alors l'œil au
bandeau se trouvait du côté du lit.

  Lorsque Marguerite s'approcha du malade,
elle fut surprise de le trouver à demi-soulevé
sur ses coussins, la regardant de cet air singulier d'un petit enfant subitement interrompu
dans un accès de larmes. Elle lui fit une de ses
petites révérences gracieuses dans leur rusti-
cité, et lui demanda s'il avait besoin de quelque
chose.

  Pour toute réponse, le malade s'écria avec
colère :

  — Ils sont fous, ces gens-là, de m'envoyer une
infirmière borgne! Que voulez-vous que je fasse
de vous? Vous n'avez qu'un œil.

— Mais il est si bon, qu'il peut compter pour deux, répondit Marguerite sans s'émouvoir.

— C'est une indignité ! Et ce médecin qui n'est pas seulement revenu me voir depuis qu'il a pansé mon bras ! Je leur ai pourtant assez dit qu'ils seraient payés, ces rustres ! Quelle situation ! Maudit soit ce voyage ! C'est bien la dernière fois que je me mêlerai des affaires des autres. Ah ! que je souffre ! Mon gosier est en feu.

Marguerite le laissa exhaler son irritation. Lorsqu'il s'arrêta épuisé, elle lui dit doucement :

— Monsieur ne prendrait-il pas un peu de limonade ?

— Non, je déteste la limonade.

— Un verre d'eau sucrée avec de l'eau de fleur d'oranger ? C'est très calmant.

— Ne me parlez pas de fleur d'oranger : je l'ai en horreur.

— Il y a ici de l'eau d'orge, je vais en verser une tasse à Monsieur.

— Non, laissez-moi tranquille. Quand on n'y voit pas, on n'est bonne à rien. Ah ! que ce bras me brûle ! J'y ai des battements à rendre fou.

— Il paraît bien enflammé, en effet, dit Marguerite en examinant avec compassion le membre blessé. Laissez-moi mouiller les compresses.

— Non, non, il faudrait commencer par ôter la bande; et comment feriez-vous pour la remettre?

— Vous allez voir. Ce n'est pas plus difficile pour moi que pour l'oiseau de retrouver le nid où ses petits sont éclos.

A cette réponse originale, l'étranger la regarda de nouveau curieusement.

— Comment vous appelez-vous? demanda-t-il.

— Marguerite, Monsieur, avec votre permission.

— Vous avez des enfants?

— Non, Monsieur, pas dans ce monde, que je sache, dit-elle d'une voix douce et grave.

— Etes-vous veuve? reprit l'étranger.

— Oui, Monsieur, depuis bien des années.

Le malade se retourna du côté du mur. Il y eut un silence. Tout à coup, il cria :

— Eh bien! vous sentez-vous capable de remettre le bandage, si vous l'ôtez pour tremper les compresses?

— Monsieur verra de quoi je suis capable, s'il me permet seulement de commencer.

— Mais vous ne devez pas y voir assez clair avec un œil?

— Je mettrai mes lunettes, Monsieur; ça m'en fera deux, répondit-elle gaiement.

Et elle se mit à défaire le bandage d'une main légère.

Si déraisonnable que fût le patient, il ne put rien trouver à redire à la manière de procéder de sa nouvelle garde, et il se contenta de gémir doucement tant que l'opération dura. Sensiblement soulagé, il s'endormit ensuite d'un sommeil réparateur.

Lorsqu'il se réveilla, la vieille femme assise près de lui était si absorbée dans ses pensées, que la voix de son malade la fit tressaillir.

— Etes-vous une infirmière de profession? lui demandait-il.

— De profession? Non, Monsieur.

— J'en étais sûr!

Marguerite se mit à rire, et l'assura qu'elle n'en avait pas moins une longue expérience des malades.

— Mais enfin, vous n'avez jamais été employée dans les hôpitaux?

— Pour ça, non, Monsieur. Quoique je n'aie jamais quitté la commune d'Hancock, c'est à peine si je connaissais l'intérieur de l'infirmerie.

— Où donc avez-vous appris à soigner les malades? Et qu'est-ce qui vous amène ici ce soir?

— Ce qui m'amène? Je crois, Monsieur, que c'est une direction de la bonne Providence. C'est

Dieu aussi qui, en me donnant le désir de soulager mon prochain, m'a rendue capable de le
faire.

— Avez-vous jamais vu un bras dans l'état
du mien?

— Oui, Monsieur : mon vieux maître avait
attrapé une blessure semblable dans un engre-
nage. Il en a bien souffert aussi, et c'est moi
qui l'ai soigné.

— Qui était votre maître?

— M. Hornbeck, le meunier des Quatre-Prairies.

— Un meunier! c'est-à-dire un voleur.

— Je sais bien qu'on raconte que le seul meunier honnête qui ait jamais existé est mort avant
l'âge d'homme; mais je ne crois pas cela, Monsieur. Mon maître était aussi honnête que beaucoup de gens que j'ai connus et qui n'étaient
pas des meuniers.

— Cela ne veut pas dire qu'il fût vraiment
honnête.

— Mon maître est mort, dit Marguerite avec
douceur; j'aimerais mieux ne pas porter de jugement sur lui, si Monsieur veut bien le permettre.

Le blessé se retourna, comme pour se ren-
dormir. Marguerite ouvrit une Bible qui se
trouvait sur la table; mais sa lecture fut bientôt interrompue.

— Ce n'est pas vous qui allez me veiller cette nuit?

— Pardon, Monsieur; je l'espère, du moins.

— Alors attendez-vous à passer la nuit blanche. Je vous avertis que je vous donnerai du travail.

— Merci, Monsieur, c'est bien pour ça que je suis ici.

— Je suis sûr de ne pas fermer l'œil.

— Qui sait? Ce n'est peut-être pas aussi sûr pour Monsieur que pour moi.

— Allons donc! vous êtes trop vieille pour vous tenir éveillée.

Marguerite l'assura qu'elle avait appris à se passer de beaucoup de choses, entre autres d'un sommeil régulier.

Voyant qu'il n'était pas désagréable à son patient de l'entendre causer, elle se mit à lui raconter divers épisodes de l'histoire de sa vie. Bien qu'il l'interrompît quelquefois par des plaintes et des cris d'impatience, il était évident que la voix douce et enjouée de la bonne vieille le calmait peu à peu.

— Qui est-ce qui vous a mis en tête de vous remettre à soigner des malades? demanda-t-il.

— Comme je l'ai dit à Monsieur : c'est mon Père céleste.

— Bah! vous imaginez-vous que le grand

Dieu du ciel se mêle des affaires particulières
de toutes les vieilles femmes?

— Sans doute, Monsieur, de tous les vieillards,
hommes et femmes, aussi bien que des jeunes
gens. Ecoutez plutôt s'il ne m'a pas lui-même
amenée ici ce soir. Quand j'ai su que je devais
quitter ma maisonnette, je me suis demandé
ce que je pourrais faire pour ne pas entrer tout
de suite à l'Asile. Alors la promesse du Seigneur
m'est revenue à la mémoire : « Remets ta voie
sur l'Eternel, et il t'accordera les désirs de ton
cœur. » Je me suis mise tout de suite à lui demander de m'indiquer où et comment je trou-
verais une nouvelle demeure, et dans ma sotte
présomption j'attendais une réponse directe à
ma prière. Mais les jours s'écoulaient sans m'apporter aucune proposition. Peu à peu j'appris à
me réconcilier avec la perspective de l'Asile ;
car, bien que j'eusse pu toujours cultiver mon
petit jardin, je sentais que je n'avais pas la force
de travailler assez pour payer, de plus que ma
nourriture, un loyer ordinaire. Eh bien, Monsieur, à peine avais-je dit au Seigneur : « Que
ta volonté soit faite! » que voilà ma voisine Wood
qui vient me raconter l'accident du chemin de
fer, et elle ajoute : « Si j'avais dix ans de moins,
j'irais me présenter comme garde-malade. » Ce
fut pour moi une inspiration du Seigneur ; car

pour la santé et la force, je suis beaucoup plus
jeune que ma pauvre voisine. Vite, je pars pour
demander une recommandation à notre cher
pasteur ; on m'accepte ici sans difficulté, et me
voilà. Maintenant, Monsieur, laissez-moi tremper de nouveau les compresses : le pauvre bras
est bien rouge.

Cette fois, Marguérite ne rencontra aucune
résistance.

Lorsque la directrice entra dans la chambre, quelques instants plus tard, le plus grand
calme y régnait. Dès que Marguerite fut sortie pour aller prendre quelque nourriture, le
malade dit :

— On a fort mal agi à mon égard en en-
voyant une vieille femme borgne pour me soigner ; mais maintenant qu'elle y est, je ne veux
pas qu'on la remplace : elle me convient.

# CHAPITRE VII.

## LA SITUATION SE COMPLIQUE.

L'infortunée M^lle^ Jenny n'était pas, quand nous l'avons quittée, au bout de ses aventures. Malgré les indications de l'étameur, elle ne tarda pas à perdre complètement son chemin. La lassitude augmentait son découragement.

« Jamais, » gémissait-elle, « non, jamais je ne reverrai mon moulin ! Je me suis fourvoyée dans un véritable désert d'où il me sera impossible de sortir. Ah ! si je pouvais seulement atteindre une grande route, je demanderais mon chemin au premier venu. Plutôt être reconnue mille fois que de mourir ici comme un chien ! Je me moque de tous les papiers timbrés du monde ! »

Si elle avait pu retourner chez l'étameur, elle n'eût pas hésité à le faire : cet homme lui avait plu, et elle se serait estimée heureuse de reposer ses membres endoloris sur le sol humide de sa

cabane. Si même elle avait pu retrouver le chemin de la chaumière de Price, elle aurait demandé une seconde fois l'hospitalité à cette
femme qu'elle n'aimait guère pourtant, et dont
les malédictions retentissaient encore à ses
oreilles...

Mais la nuit était venue, le brouillard augmentait d'intensité, et il n'y avait pas de lune.
Impossible d'aller plus loin.

Désespérée, elle s'affaissa sur elle-même au
bord d'une haie qu'elle avait découverte, non
des yeux, mais de la main. Maintenant qu'il
n'était plus possible d'agir, de lutter, toute
énergie morale l'abandonnait. Et la femme forte
se mit à sangloter comme un enfant.

Si Jérémie l'eût vue en cet état, il n'aurait pu
en croire ses yeux. Mam'zel' Jenny pleurer !
Impossible !

Et pourtant elle pleurait ; et bien amères
étaient ses larmes à la perspective de cette longue nuit à passer sur la terre détrempée, avec la
presque certitude d'y prendre les germes d'une
maladie mortelle ! Tous les incidents de cette
néfaste journée, les personnages qui y avaient
joué un rôle se pressaient confusément dans son
esprit troublé. Tantôt elle se trouvait en présence de Brasher pour y recevoir le conseil qui
lui avait été si funeste ; tantôt il lui semblait

voir la vieille Marguerite dégageant son amazone, et parlant sans amertume du tort qu'elle se
préparait à lui faire. Puis venait M. Hope avec
ses conseils si sérieux, ses solennels avertissements, mais toujours bienveillant et amical; ensuite cette femme impitoyable, toute pleine de
ressentiment et de menace; et enfin l'étameur,
figure originale et sympathique. Ce qu'il lui
avait dit, elle ne s'en souvenait guère; mais son
accent convaincu l'avait profondément remuée.
Lorsque M. Hope parlait de l'efficace de la
prière, M^{lle} Jenny se disait : « Il ne lui manque
rien : que peut-il avoir à demander à Dieu? »
Ce pauvre homme, au contraire, manquait de
tout : il avait donc le droit de parler par expérience de la fidélité du Seigneur.

Au plus fort de sa détresse, elle se souvint de
la réponse de l'étameur à sa question : « Si j'avais
des difficultés et que je m'adressasse au Seigneur, m'aiderait-il à en sortir? » — « Sans aucun doute, Madame, mais non point peut-être
par les moyens que vous souhaitez. »

— Ah! soupira-t-elle, peu m'importe le moyen
maintenant...

Après quelques minutes de réflexion, elle résolut de demander à Dieu de l'aider à retourner
chez elle, lui promettant, si sa requête était
exaucée, de faire...

M<sup>lle</sup> Jenny ne put formuler, même en elle-
même, ce qu'elle ferait; mais ce serait à coup
sûr quelque chose de bien : elle s'y engageait
vis-à-vis de sa conscience.

La pensée ne lui venant pas qu'on pût prier
sans se mettre à genoux, elle fit de douloureux
efforts pour changer de position; mais quand
enfin elle se crut dans une attitude convenable,
son embarras ne devint que plus grand. Que de-
vait-elle dire à Dieu? La froide et courte for-
mule que, tout endormie, elle avait coutume de
réciter le soir, avant de se livrer au repos, ne
pouvait la satisfaire, et il lui semblait que la
prière dominicale ne répondait pas non plus à
ses besoins du moment. Enfin, comme vaincue
par l'excès de son angoisse, son cœur éclata et
ses lèvres se délièrent.

— Dieu qui es bon, s'écria-t-elle, fais-moi
regagner le moulin, et je...

Elle ne put achever. Quelque chose qui s'agitait derrière la haie lui fit pousser un cri d'épouvante. Elle étendit la main, et sentit tout près
de son épaule un corps froid et humide.

Qu'est-ce que cela pouvait être? Courait-elle
quelque nouveau danger?

Un long hennissement vint dissiper toutes ses
terreurs.

— Ma jument noire! exclama-t-elle. Ah! la brave bête!

C'était en effet la jument noire qui, mécontente des libertés qu'avait prises à son égard le jeune personnage chargé par M. Brasher de la reconduire au moulin, s'était débarrassée de son cavalier d'une façon fort peu agréable pour lui, et après une course désordonnée de quelques minutes s'était mise à errer dans la campagne, précisément dans la région où se trouvait son infortunée maîtresse. L'animal paissait paisiblement le long de la route (car la haie contre laquelle s'était arrêtée M^{lle} Jenny la séparait seule de cette route après laquelle elle avait tant soupiré), lorsque, reconnaissant la voix de sa maîtresse, il s'était arrêté pour lui témoigner sa satisfaction de la retrouver.

Franchir la haie, s'assurer que la selle n'avait pas été dérangée, et y reprendre sa place habituelle, tout cela fut pour la meunière l'affaire d'un instant : les forces lui étaient revenues comme par enchantement.

Un charretier venant à passer fort à propos, elle eut la joie d'apprendre qu'elle se trouvait sur la bonne route et à peu de distance des Quatre-Prairies.

— En avant! bonne bête, en avant! cria-t-elle avec une énergie toujours croissante.

Et la jument noire, repentante sans doute de ses méfaits de la matinée, partit de son meilleur trot.

Une faible clarté annonça bientôt l'approche du moulin. Le cœur de M^lle Jenny battit bien fort à cette vue. Mais (ô imperfection des joies humaines!) une pensée troubla presque aussitôt son ravissement : cette lumière venait de la fenêtre du salon. Qui donc avait pu se permettre de franchir en son absence le seuil de son appartement réservé?

« Ce sont peut-être des voleurs, » se dit-elle, « ou peut-être M. Jérémie a-t-il jugé à propos d'inviter à souper son ami Wood, et poussé l'impudence jusqu'à lui faire les honneurs du salon. »

— Quels que soient ces brigands, ils sauront bientôt que je suis de retour, murmura-t-elle, les dents serrées, en mettant pied à terre.

Elle commença par conduire sa monture à l'écurie. Nouvelle surprise : l'écurie était ouverte et en désordre !

— Fort bien! fort bien! Monsieur Jérémie, on saura ce que vous valez : votre affaire sera réglée avant longtemps.

Malgré l'obscurité, la meunière n'eut pas de peine à constater qu'aucune des précautions ordinaires n'avait été prise pour la nuit.

Wolf, encore attaché, grognait dans son che-
nil ; mais il s'apaisa à la voix de sa maîtresse.

« Si je le lâchais au milieu de la fête ! »
pensa-t-elle.

Car Mᶫᶫᵉ Jenny ne mettait plus en doute que ses
serviteurs infidèles ne fussent en train de fes-
toyer à ses dépens. Heureusement qu'elle sentait
la clef de sa cave en sûreté au fond de sa poche.

Après quelques hésitations sur le meilleur
parti à prendre, elle se décida à surprendre les
coupables par la fenêtre, dont les volets étaient
ouverts. Un tas de pierres préparées pour de
prochaines réparations favorisa son idée. Elle
y grimpa sans bruit, et put voir aussitôt tout
l'intérieur du salon.

Mais quoi ! était-elle éveillée et dans son bon
sens ? ou se trouvait-elle encore le jouet d'une
hallucination, sous la haie détrempée ?... Qui-
conque eût vu l'effarement de son regard eût
pu croire qu'elle se posait à elle-même la question. Toutefois Mᶫᶫᵉ Jenny n'était point sujette
aux hallucinations ; le rêve ne tenait aucune
place dans sa vie. Seulement elle était surprise
au delà de toute expression : et vraiment il y
avait de quoi.

Sur un matelas (un matelas dans son salon !),
sur un matelas, au milieu de la chambre, était
étendu un homme mort, ou du moins ne donnant

aucun signe de vie. Le haut de son visage était caché par un bandage souillé de sang ; une barbe ébouriffée, d'épaisses moustaches grises donnaient aux traits restés visibles un aspect sinistre.

Assis à la droite de cet homme, elle reconnut M. Hope, et, agenouillés de l'autre côté, Jérémie et Banks, le colporteur. Tous se tenaient immobiles et tellement silencieux que l'on eût dit, raconta plus tard Mlle Hornbeck, qu'aucun d'eux ne respirait. La petite lampe suspendue au plafond éclairait seule de sa lueur blafarde cette scène lugubre.

Mlle Jenny s'appuya contre la fenêtre, et prêta l'oreille dans l'espoir de saisir quelque parole qui pourrait lui donner la clef du mystère. Mais le silence mortel qui l'avait dès l'abord impressionnée se prolongeait. L'impatience commençait à la gagner, et elle se disposait à quitter son poste d'observation pour aller vers la porte, lorsqu'un gémissement la cloua de nouveau à sa place, un gémissement si aigu, si douloureux qu'en dépit de la vitre épaisse qui la séparait du patient un frisson parcourut ses membres.

Elle n'entendit pas les paroles que prononça alors le pasteur ; mais par son regard et ses mains levées vers le ciel, elle comprit qu'il rendait grâce à Dieu.

En même temps, Jérémie et le colporteur se levaient et semblaient chercher quelque chose dans la chambre.

Ils s'arrêtèrent devant un buffet qui occupait le fond de la pièce, et se consultèrent un instant. Banks indiqua du doigt la serrure; Jérémie secoua la tête. Alors — ô horreur! — le colporteur sortit de sa poche un trousseau de clefs et en essaya plusieurs, jusqu'à ce qu'enfin les portes du buffet s'ouvrirent, mettant à découvert maints trésors sur lesquels aucun œil profane ne s'était encore arrêté. Banks choisit une bouteille et la tendit à Jérémie.

C'en était trop! L'étranger mourant, M. Hope, ses propres aventures, le piteux état de son accoutrement, M<sup>lle</sup> Jenny oublia tout cela en présence de cette audacieuse violation de son buffet. Elle donna alors dans la fenêtre un violent coup de poing qui faillit faire voler les vitres en éclat. Si elle avait pu passer au travers pour confondre plus tôt les coupables, elle l'eût fait sans hésiter.

Ce bruit soudain produisit un effet facile à comprendre sur des nerfs fortement tendus. M. Hope se leva en étouffant un cri d'épouvante; Jérémie laissa échapper la bouteille qu'il n'avait prise qu'à regret. La bouteille se brisa, et le liquide se répandit en un long ruisseau sur le plancher.

Quant à Banks, qui n'était pas nerveux, il se dirigea résolument vers la fenêtre ; mais il n'y arriva que pour voir disparaître une forme humaine qu'il ne reconnut pas.

Presque au même instant, des coups formidables ébranlèrent la porte extérieure de la maison. Jérémie était pour le moins aussi blême que le malheureux étendu sur le matelas.

— Il faut... il faut ouvrir, dit M. Hope faisant effort pour affermir sa voix. Peut-être vient-on me chercher. Dans un temps de calamité comme celui-ci, on est excusable d'oublier parfois les convenances. Mais allez vite, Jérémie... Que pareil bruit ne se renouvelle pas ! Vous, Monsieur Banks, tâchez de ramasser avec votre mouchoir quelques gouttes de cette eau-de-vie, rien que pour mouiller les lèvres du blessé.

Jérémie n'osa pas refuser d'obéir ; mais il tremblait comme une feuille en tournant la clef dans la massive serrure. On eût dit qu'il avait le pressentiment de ce qui l'attendait.

Il arriva juste à temps pour préserver la porte d'un nouvel assaut, et n'entendit en l'ouvrant qu'un « heuh » gros de menaces. Puis une main dont il ne reconnut que trop l'étreinte le saisit au collet avec une telle violence, qu'il perdit l'équilibre et tomba tout de son long dans le corridor.

Sans se laisser arrêter par l'incident, la meunière se précipita vers la salle. La porte en était ouverte. Au moment où elle parut, le malade, un peu ranimé par l'eau-de-vie qu'on lui avait fait avaler, ouvrit les yeux et les fixa sur elle.

Alors la meunière s'arrêta court, comme soudainement pétrifiée.

— Christophe ! exclama-t-elle.

— Du silence, Mademoiselle Hornbeck, du calme, je vous en conjure, dit le pasteur à demi-voix.

Et, désignant du doigt le malade dont les yeux venaient de se refermer :

— Vous le tuerez si vous manquez de prudence. Il vaut mieux vous en aller. J'irai vous donner des détails dans un instant. Mais, encore une fois, éloignez-vous.

Quelle réception pour l'orgueilleuse meunière ! Etait-ce donc là ce retour au moulin si ardemment souhaité et comme savouré à l'avance dès que les services de la jument noire lui avaient été rendus?... Son mortel ennemi avait pris possession de sa demeure; non pas, il est vrai, dans des conditions fort enviables; mais enfin *il* était là, et *elle* se voyait mise à la porte de son propre salon, tandis qu'on forçait impunément son buffet.

— Emmenez-la, dit M. Hope au colporteur,

en voyant que les paupières du malade se sou-
levaient de nouveau.

—M'emmener! fit-elle avec un regard de défi.
Je vous défends de me toucher, Monsieur Banks.
Je me retire; mais je veux être seule. Je n'ai
besoin des explications de personne.

En sortant de la chambre, elle trouva Jérémie, qui s'était relevé, debout derrière la porte,
et en profita pour lui ordonner d'aller soigner
la jument. Puis elle s'enferma à double tour
dans la cuisine.

Là, elle se débarrassa d'abord de ses vêtements encore ruisselants, mais ne trouva qu'un
vieux sac à jeter sur ses épaules. Heureusement qu'il y avait dans la dépense de quoi apai-
ser la faim qui commençait à l'aiguillonner. Un
bon feu auprès duquel elle s'accroupit acheva
de la remettre.

Elle entendit des voix et des bruits de pas
dans le corridor. On frappa, on essaya à diverses reprises d'ouvrir la porte de la cuisine;
mais elle ne bougea point.

« Ils ont assez du salon, je suppose, » murmura-t-elle les dents serrées de rage. « Tant qu'il
y aura la porte entre eux et moi, ils ne me délo-
geront pas d'ici. »

M<sup>lle</sup> Hornbeck était bien décidée à ne pas céder
au sommeil, mais à attendre que tout fût tran-

quille dans la maison pour inspecter sans bruit
l'état des lieux, et essayer de se rendre compte
de ce qui s'était passé en son absence. Néanmoins, pour une fois, la nature fut plus forte
que sa volonté. A peine, bien réchauffée et restaurée, se fut-elle installée dans une attitude
commode que ses yeux se fermèrent. Bientôt
elle ronflait aussi bruyamment que si elle eût
été dans son lit.

Il était plus tard que de coutume lorsque
M^{lle} Jenny s'éveilla, le lendemain; et il lui fallut
quelques minutes pour se rendre compte de
son étrange situation. Pourquoi ses membres
étaient-ils si raides et sa couche si dure? Qu'é-
tait-ce que cette toile grossière qu'elle sentait sur
ses épaules?

Une totale obscurité régnait dans la cuisine;
car le feu était éteint et les volets pleins de la
fenêtre hermétiquement clos.

Peu à peu les événements de la veille lui revinrent à la mémoire; elle se souvint qu'elle
était dans la cuisine du moulin, et qu'avant d'en
sortir il lui faudrait remettre les vêtements
qu'elle avait déposés le soir précédent dans un
si pitoyable état.

Toutefois, chez elle, M^{lle} Hornbeck savait se
tirer d'affaire de nuit comme de jour. Elle eut
bientôt trouvé des allumettes; après quoi, ouvrir

les volets et allumer un bon feu, ce fut l'affaire
de quelques minutes. Les difficultés provenant
de l'état de son costume la jetèrent dans un plus
sérieux embarras : depuis ses bas jusqu'à son
chapeau, tout était absolument hors d'usage. Sa
robe, qu'elle avait suspendue près de la cheminée, était recouverte d'une couche de boue
durcie qui la rendait plus résistante que du
carton.

Avec force grimaces, la pauvre meunière finit
par endosser les vêtements les plus indispensables, dans l'intention de monter directement à
sa chambre. Avant d'ouvrir la porte, elle prêta
l'oreille : tout était silencieux. Elle, si brusque
d'ordinaire, parvint à tirer le verrou sans bruit.
Il n'y avait personne dans le corridor; mais la
porte du salon était ouverte, et il fallait passer
devant pour atteindre l'escalier.

En dépit de toutes ses résolutions, elle ne put
s'empêcher de jeter un coup d'œil à l'intérieur.
Grande fut sa joie en s'apercevant que la pièce
était vide. Aussitôt elle se mit en devoir de
constater les dégâts commis en son absence.

— Les brigands! s'ils croient que parce qu'ils
ne l'ont pas bue ils n'auront pas à payer mon
eau-de-vie, ils se trompent! Et ce désordre, cette
boue! Je suppose que M. Christophe était venu
en personne pour me signifier mon congé, et

qu'il lui sera arrivé un accident en route. Mais
pourquoi le pasteur était-il avec lui? Et ce
Banks? Ils sont tous d'accord contre moi, j'ima-
gine. Mais, quoiqu'on ne soit qu'une femme, on
pourrait bien être plus fine que vous tous, mes
beaux messieurs! Nous y voilà à ce fameux
*après-demain*, le dernier jour du délai légal. Je
vais fermer la maison et ne pas montrer le bout
de mon nez jusqu'à ce que minuit ait sonné.
Alors, ils auront beau arriver avec leurs papiers timbrés, j'aurai la loi pour moi, et je leur
apprendrai à se repentir de leur infâme com-
plot.

Tout en se parlant de la sorte, M^lle Jenny quit-
tait le salon pour s'avancer résolument dans le
corridor, avec l'intention de fermer les portes
extérieures.

— Mam'zel'... pardon, Mam'zel', fit la voix
de Jérémie qui se tenait tout tremblant dans un
coin du corridor, c'est M. le pasteur qui m'envoie pour que vous veniez tout de suite au presbytère.

M^lle Jenny ne répondit d'abord que par un
regard foudroyant; mais s'apercevant que son
infortuné serviteur faisait un mouvement pour
s'esquiver, elle le retint par le bras.

— Où est l'individu de hier au soir? Qu'en
avez-vous fait? Qui est-ce qui l'a amené ici?

— Oh! pas moi, Mam'zel'... On l'a apporté ici après l'accident du chemin de fer.

— Et maintenant, où est-il? Encore dans cette maison?

— Non, Mam'zel', il est au presbytère. Le docteur est venu hier après que vous avez été enfermée dans la cuisine, et il a dit qu'on pouvait le transporter. Alors M. le pasteur a voulu le prendre chez lui, et nous l'avons emporté.

— Comment cela? demanda M<sup>lle</sup> Jenny sans lâcher sa victime.

— Nous nous sommes mis à quatre pour descendre la colline, et en bas nous avons trouvé une voiture de l'infirmerie.

— A quatre? Qui étaient ces quatre, je vous prie?

— Moi, Mam'zel', et puis M. le colporteur, et puis Wood qui était allé chercher le médecin, et puis un homme qui était justement venu porter ça pour vous, Mam'zelle; que même nous avons frappé à la cuisine, mais vous n'avez pas ouvert.

Jérémie présentait à sa maîtresse un papier qu'il venait de sortir de sa poche.

Elle le prit, pensant que c'était une commande de quelque pratique; mais Jérémie ajouta:

— Il m'a bien recommandé de vous le remettre dès que je vous verrais, parce que c'est un avertissement comme quoi il faudra rendre le moulin.

Le papier glissa des mains de M<sup>lle</sup> Jenny, et un « heuh ! » étouffé lui échappa.

Quant à Jérémie, il avait délivré son message, dont du reste il ne comprenait pas toute la portée, avec l'audace du désespoir. Sa situation vis-à-vis de sa maîtresse était trop mauvaise, pensait-il, pour pouvoir empirer.

— Sellez la jument, ordonna la meunière, dès qu'elle eut recouvré la voix.

Maintenant que l'avis était entre ses mains et qu'il y avait un témoin, il devenait inutile de se cacher.

— J'y vais, Mam'zel', fit Jérémie avec sa docilité habituelle.

Mais, se reprenant :

— S'il vous plaît, Mam'zel', la jument n'y est pas.

— Elle n'y est pas ? Et qu'en avez-vous fait, je vous prie ?

— Hier au soir, on l'a prise pour la carriole de l'infirmerie.

M<sup>lle</sup> Hornbeck était trop exaspérée pour parler. Poussant rudement Jérémie hors de la maison, elle s'élança elle-même dans la cour, et, oubliant l'étrangeté de son accoutrement, se mit à descendre en courant la colline.

Elle était déjà à moitié chemin de la ville que son domestique stupéfait se demandait encore ce qu'il devait faire : suivre sa maîtresse, ou aller ouvrir le moulin et commencer sa journée de travail. Il se décida pour la seconde de ces alternatives, se rappelant qu'un chargement de blé n'allait pas tarder à arriver.

Ce n'était pas au presbytère que se rendait la meunière, mais à l'étude de M. Kays. Elle renversa presque le jeune clerc occupé à cette heure matinale à balayer le vestibule, et se précipita dans le bureau principal pour implorer l'assistance de M. Brasher, dont elle regrettait si amèrement de n'avoir pas suivi les lumineuses inspirations.

Or, il advint que l'avoué en titre, M. Kays, avait été rappelé chez lui plus tôt qu'on ne le pensait, et se trouvait déjà à son poste. C'était un homme calme, parfaitement maître de ses impressions. Toutefois, l'apparition subite de cette cliente échevelée, dont les yeux brillaient à la fois de colère et d'inquiétude, et dont le costume avait quelque chose de fantastique, le fit sursauter sur sa chaise.

— Tiens, c'est vous ! commença vivement M<sup>lle</sup> Hornbeck, je n'espérais pas vous rencontrer encore. Votre remplaçant vous a raconté mes ennuis, je suppose.

— Je n'ai pas encore vu M. Brasher, répondit M. Kays ; j'arrive à l'instant.

— Heuh ! alors il faut que je vous explique l'affaire.

Fort mécontente à l'idée d'avoir à payer pour deux audiences, M<sup>lle</sup> Jenny s'efforça néanmoins de mettre aussi clairement que possible M. Kays au courant de la situation, confessant sans détours ses regrets de n'avoir pas suivi jusqu'au bout le conseil de M. Brasher.

L'avoué l'écouta gravement.

— En ce qui concerne la valeur des réclamations de votre frère... commença-t-il.

Mais la meunière l'interrompit en disant sèchement :

— Cet homme n'est pas mon frère.

— En effet : votre demi-frère seulement. Eh bien ! Mademoiselle, il faut que j'examine les titres sur lesquels votre demi-frère fonde ses prétentions avant de pouvoir vous donner un avis quelconque. Quant à l'acte d'expulsion, peu importe que vous fussiez chez vous ou hors de chez vous lorsqu'il a été présenté. Du moment qu'il était parvenu en temps utile à votre domicile légal, son action avait pleine vigueur.

— Mais alors, dit vivement M<sup>lle</sup> Hornbeck, je n'aurai rien à payer pour le conseil de M. Brasher ?

PARDONNEZ-MOI, MADEMOISELLE, IL Y A LÀ DES CONSIDÉRANTS QUI NE SONT PAS SANS VALEUR.

it
é
ɔ

— Non, non, rassurez-vous, répondit l'avoué en riant; Brasher n'avait pas assez étudié la question, ou peut être désirait-il seulement vous tranquilliser pendant qu'il aviserait à prendre des mesures sérieuses.

Impossible de décrire l'air grotesque et piteux à la fois de la pauvre meunière, tandis que, perchée sur un tabouret élevé, elle suivait du regard l'homme de loi qui, froid, impassible, lisait avec attention le fatal papier.

— Il n'y a pas un mot de sens commun dans tout ce charabia, n'est-ce pas, Monsieur l'avoué? dit-elle en s'efforçant de donner de l'assurance à sa voix.

— Pardonnez-moi, Mademoiselle, il y a là des considérants qui ne sont pas sans valeur. Quant à me prononcer sur le plus ou moins de légalité de la conclusion, c'est ce que je ne saurais faire en ce moment. J'ai voyagé toute la nuit, et n'ai pas encore déjeuné. Il me faut une heure de repos avant de pouvoir m'occuper d'affaires sérieuses. Si vous voulez repasser vers midi, j'aurai terminé celle qui m'a ramené ici ce matin.

— J'ai bien oublié mon déjeuner, moi! marmottait en se retirant Mlle Hornbeck, vexée de voir l'avoué songer au sien quand elle avait besoin de ses avis.

Une fois dans la rue, elle hésita sur la direction à prendre. Répondrait-elle à l'appel du pasteur? Pourquoi l'avait-il envoyé chercher? Pour voir Christophe, sans doute?... Ah! bien oui, qu'ils y comptent!...

Et M^lle Hornbeck prenait résolument le chemin du Moulin lorsque son nom fut prononcé derrière elle.

— Par ici, Mademoiselle Jenny, par ici!

— Heuh! fit M^lle Jenny, qui, en se retournant, se trouva face à face avec le colporteur.

— Il est mourant, Mademoiselle Hornbeck; dans un pareil moment vous ne refuserez pas de pardonner.

— Qui vous a dit qu'il était mourant? demanda-t-elle, craignant un piège pour l'attirer au presbytère.

— Tous ceux qui le voient le pensent, Mademoiselle, et lui-même vient de le dire.

— Il n'a jamais dit un mot de vérité depuis que je le connais.

— Croyez-moi, Mademoiselle Hornbeck, en présence de la mort, faites taire vos ressentiments. Au reste, vous comprenez que ce n'est que dans votre intérêt, pour vous éviter des remords dans l'avenir, que M. le pasteur désire vous voir auprès de Christophe.

« Au fait, » pensa-t-elle, « je ne vois pas trop

dans l'intérêt de qui cela pourrait être. A quoi bon refuser ? »

Ils furent reçus par M. Hope, qui les avait vus venir de sa fenêtre.

— Marchons avec précaution, dit-il à demi-voix. Il a fini par s'endormir, ce qui est un excellent symptôme, assure notre cher docteur.

Son malade l'absorbait tellement qu'il ne s'aperçut pas tout d'abord du singulier état dans lequel se trouvait la meunière. Lorsqu'ils furent tous entrés dans la salle à manger, où tout reluisait de propreté, M<sup>lle</sup> Hornbeck s'écria :

— A quoi ai-je pensé de venir ici dans ces sales guenilles ?

Le pasteur la regarda.

— Vous ne paraissez pas bien, chère Mademoiselle ; asseyez-vous, je vous en prie.

— M'asseoir ! je ne salirais pas ces belles chaises pour rien au monde ! Je vais retourner chez moi ; il est temps que je déjeune.

Elle semblait près de pleurer.

— Banks, voudriez-vous aller prendre la place de Marie auprès du blessé ? dit M. Hope en se plaçant entre M<sup>lle</sup> Hornbeck et la porte.

Banks sortit. Alors M. Hope pria sa compagne de l'accompagner dans son cabinet, où ils pourraient causer plus librement.

— Puisque vous n'avez pas déjeuné, ajouta·
t·il, Marie vous y portera une tasse de café. Ne
me refusez pas : j'ai à vous dire des choses d'une
extrême importance.

N'était-elle plus la femme indomptable dont
rien ne pouvait plier la volonté de fer ? Le fait
est que M<sup>lle</sup> Jenny courba la tête et suivit doci-
lement le pasteur, laissant à chaque pas des
traces de son passage. La boue durcie se déta-
chait maintenant en parcelles noires et jaunâ-
tres de sa robe et de ses chaussures.

# CHAPITRE VIII.

## QUI SÈME LE VENT MOISSONNERA LA TEMPÊTE.

— Sans la criminelle imprévoyance de ce malheureux, je serais tranquillement chez moi, sain et sauf, disait le lendemain matin au docteur le blessé confié à la garde de Marguerite. Jamais je ne venais ici ; je détestais jusqu'au nom de cette sotte ville.

Le docteur sourit.

— Oh ! sans doute, l'on peut rire quand on n'a pas à payer les pots cassés. Mais je voudrais bien savoir, Monsieur, s'il vous serait agréable de vous voir tomber sur les bras une veuve bonne à rien, agrémentée d'une troupe d'enfants ?

Par une grimace éloquente, le docteur fit comprendre qu'il considérerait la chose comme peu réjouissante.

— Ah ! ah ! Monsieur, cela ne vous convien-

drait guère! Mais ces gens qui vivent comme
des princes, tenant table ouverte et jetant l'argent par les fenêtres, ont la conscience légère :
ils accoutument leur famille au luxe et à l'oisi-
veté, et les laissent ensuite à la charge des autres, sans s'en faire plus de souci! Moi, Monsieur, j'appelle ces gens-là des voleurs au
premier chef. On dit qu'ils sont *larges*, généreux, désintéressés; eh bien, moi, je dis que
leur conduite est le comble de la bassesse. Ils
manquent lâchement à leurs devoirs vis-à-vis de
leur famille et de la société.

— C'est fâcheux assurément, commença le
docteur.

— Allons donc, *fâcheux!* reprit son interlocuteur avec une irritation croissante; c'est un
scandale, une abomination! Et pourtant je ne
me suis pas fait faute d'avertir ma nièce quand
ils commencèrent ce train de vie. Voitures,
chevaux, dîners, toilettes folles, au lieu d'éco-
nomiser annuellement le plus possible pour faire
assurer la vie du chef de famille... Beaux reve-
nus, ma foi, que ceux qui meurent avec vous!
Et cette femme, cette mère qui dresse ses enfants à la paresse et leur donne des habitudes
bonnes pour de vieux pachas, tandis qu'ils ne
sont que de jeunes sans-le-sou qui entrent dans
la vie!

— Connaissiez-vous l'état des affaires du pauvre Flood? demanda le docteur, qui avait été l'hôte assidu de celui qu'il considérait comme le plus opulent de ses concitoyens.

— Moi! comment l'aurais-je connu, je vous prie? Assurément, je soupçonnais la vérité; mais après leur avoir prédit cent fois comment cela tournerait, j'avais fini par m'en laver les mains. On se fatigue de prêcher dans le désert. Monsieur était toujours *sur le point* de traiter avec une compagnie d'assurance sur la vie; il *songeait* à faire des économies.

— Je regrette que vous ne soyez pas venu les voir de temps à autre. M. Flood était si bon, il se laissait si aisément persuader, que vos sages avis, donnés sur place, auraient pu remédier à bien des abus.

— Bah! il les aurait écoutés avec toute la politesse désirable, et n'en aurait fait ni plus ni moins. Et ma nièce est pire que lui!

— Pauvre dame! quel changement dans son existence!

— Toujours est-il que je ne puis lui donner un sou de plus que ce qu'elle a eu lors de son mariage. Heureusement que j'avais pris mes précautions pour que cela du moins ne pût être englouti. Elle doit s'en contenter maintenant, et s'estimer heureuse de l'avoir. Tout ce que j'ai de plus, je l'ai laissé par testament à ma sœur : il n'y a pas à y revenir.

— Vous me disiez, Monsieur, remarqua le docteur, que la veuve vous tombait sur les bras avec ses huit enfants?

— Hé! que voulez-vous, je ne puis les voir mourir de faim; je ne puis laisser ces enfants croître dans l'ignorance et la paresse! Il faut qu'ils soient mis en état de gagner leur vie. Comment? Je n'en sais rien encore; mais il le faut.

— Avez-vous vu M^{me} Flood?

— Non; j'ai entendu dire que tout le mobilier va être vendu pour payer les notes les plus criardes; puis ils ont l'intention d'aller vivre avec cet Auguste Flood, personnage du même acabit que son frère, et qui finira comme lui; car rien ne sert de leçon à ces gens-là.

— Vous veniez bien pour voir M^{me} Flood? demanda le docteur.

— Certes non! Je me rendais à Londres pour consulter les syndics sur l'état des affaires, et me concerter avec d'autres parents.

— J'ai l'intention de prendre chez moi le cadet des garçons, dit le docteur; il est intelligent; si, comme je l'espère, il a du goût pour les études médicales, nous le pousserons le plus rapidement possible. Je n'ai pas d'enfant, et son père était un de mes amis.

Le malade parut un peu confus.

— Vraiment, dit-il, c'est trop de générosité. Ils n'ont aucun droit à un tel sacrifice de votre part.

— Ils ont besoin de secours. D'ailleurs, je me sens des obligations envers leur père. Il m'a témoigné une extrême bienveillance quand jai commencé à exercer ici ma profession, et son patronage m'a procuré la meilleure clientèle de la ville : le fils ne fera donc que récolter ce qu'a semé le père. C'est une douceur pour moi que d'avoir l'occasion de reconnaître un service rendu. Remarquez, Monsieur, que je ne cherche pas à excuser ce pauvre Flood ; au contraire, je trouve sa conduite extrêmement coupable ; mais, Dieu merci, je n'ai pas fait comme lui : l'avenir de ma femme est assuré, si je suis destiné à partir avant elle. Je puis donc m'accorder sans scrupules la satisfaction d'aider des amis malheureux.

— Dans ces conditions-là, en effet, je conçois qu'on se permette des actes de générosité, remarqua le malade.

— Il est certain, dit le docteur, que nos obligations de famille, qui ne sont que le strict devoir, doivent passer en première ligne. Cependant, permettez-moi d'établir une distinction entre ceux qui pèchent par faiblesse et ceux qui manquent à leurs devoirs le sachant et le voulant. Ce pauvre Flood n'avait aucune énergie dans le caractère ; il prenait sans cesse de bonnes résolutions, mais les oubliait aussitôt, ou remettait au lendemain pour commencer de les mettre à exécution.

— Il ne vivait que pour le jour présent, c'était un insensé !

— Eh bien, mon cher Monsieur, un plus sage que nous l'a jugé maintenant. C'est de ceux qui restent qu'il faut nous occuper. M. Hope, notre pasteur, n'a pas perdu de temps ; il compte, avec l'aide de quelques amis, se charger des frais d'études et d'entretien de l'aîné des garçons. La veuve aura ainsi le temps de se reconnaître, de réfléchir au meilleur parti à prendre pour elle-même et ceux qui resteront à sa charge.

— Réfléchir ! Cette femme-là n'a jamais réfléchi de sa vie.

— Il faut que nous, que *vous* lui persuadiez de le faire maintenant. Peut-être, en agissant sur son mari, auriez-vous pu lui épargner ces cruelles difficultés.

— Je regrette de n'avoir pas eu quelquefois l'occasion de le rencontrer. Quant à ma nièce, elle a reçu d'une mère faible et imprévoyante l'éducation qu'elle donne à son tour à ses enfants. Cette mère aurait maintenant besoin d'un soutien, et sa fille ne peut qu'accroître son fardeau.

— Encore une application de la même vérité : « Tu récolteras selon que tu auras semé ! » Mais, croyez-moi, cher Monsieur, ajouta le docteur, il est inutile de récriminer sur le passé : nous devons accepter le présent et, autant qu'il est en nous, préparer l'avenir.

La mort subite de M. Flood était pour tous les membres de sa famille un sujet de légitimes préoccupations. L'oncle de sa femme n'était pas seul à s'effrayer de la lourde charge qui en résulterait pour lui. Il faudrait évidemment se distribuer les enfants, et plusieurs devraient, pour en élever un seul, s'imposer des sacrifices relativement plus considérables que celui que les parents auraient dû faire pour leur épargner à tous l'humiliation d'une position dépendante.

— Vraiment, ma chère, disait quelquefois M. Flood à sa femme quand une indisposition ou quelque événement extérieur venait lui rappeler que la vie est incertaine, vraiment nous ferions bien de commencer à mettre quelque chose de côté.

— Vous avez raison, mon ami, répondait Mme Flood : il faudra y songer.

— Mais jamais elle n'avait proposé de diminuer le nombre de ses domestiques, de se passer de voitures ou de s'habiller plus simplement.

Si son mari eût trouvé moyen de faire des économies sans diminuer leur train de maison, elle en aurait sans doute été bien aise; mais il fallait avant tout garder leur rang dans la société. D'ailleurs leurs filles ne pouvaient manquer de faire dans quelques années de brillants mariages; leurs fils embrasseraient des carrières lucratives. Après cela, quand bien même les affaires iraient en empirant, il leur serait toujours facile de s'arranger.

La conscience du négociant lui disait bien ce que de tels arguments avaient de spécieux et d'illusoire; le dimanche en particulier, où M. Hope avait prêché le sermon auquel la meunière rattachait ses étranges théories sur la prévoyance, il était rentré chez lui profondément bouleversé, comme s'il éprouvait le pressentiment d'une rétribution prochaine.

Il prit alors la résolution de faire assurer sa vie, et de démontrer sérieusement à sa femme la nécessité de restreindre leurs dépenses. Il voulait aussi aller trouver le pasteur pour s'entretenir avec lui de ce grand jour des rétributions dont il avait parlé avec une solennelle éloquence. N'être pas prêt à mourir, en ce qui concerne les choses de la terre, c'est triste assurément; mais risquer, en ce jour suprême, de rencon-

trer un juge inflexible au lieu d'un miséricordieux Sauveur, quelle effrayante pensée! Il allait,
oui, sans différer plus longtemps, M. Flood allait
s'occuper de ses intérêts éternels...

Hélas! Quelques jours se passèrent à répéter
qu'il le fallait; puis vint la maladie, avec le
manque de forces, l'engourdissement de ses facultés; et puis... la nuit, cette nuit du tombeau
dans laquelle, a dit *Jésus-Christ*, nul ne peut
plus travailler.

. . . . . . . . . . . . . . .

— Si j'avais entrevu l'éventualité d'une mort
subite, si j'avais pu *prévoir toutes ces* difficultés, ces complications, si... si...

Ainsi se lamentait la pauvre veuve; et rien
n'était plus déraisonnable que ces lamentations
stériles, ces tardifs regrets.

M. Hope, toujours porté à s'accuser lui-même
avant de condamner les autres, se reprochait
son manque de vigilance pastorale à l'égard de
son paroissien; il considérait en quelque sorte
comme un acte de réparation les sacrifices personnels et les efforts qu'il faisait pour atténuer
les conséquences qu'avait pour les vivants la
conduite du mort. C'est ainsi, comme l'annonçait le docteur à son patient, qu'il avait déjà
déchargé la veuve de toutes les dépenses concernant son fils aîné.

# CHAPITRE IX.

## LE PAUVRE JÉRÉMIE N'Y TIENT PLUS.

Nous avons laissé M. Hope et M^{lle} Jenny en tête à tête dans le cabinet du pasteur, et nous ne commettrons pas l'indiscrétion de faire assister le lecteur à leur entretien.

Qu'il nous suffise de savoir que les expériences de la veille avaient singulièrement renforcé l'impression produite sur l'esprit de la meunière par les avertissements réitérés de son pasteur. Plus d'une fois, vous l'auriez vue essuyant à la dérobée une petite tache sur la table vernie devant laquelle elle était assise ; car, dans ces vingt-quatre heures, M^{lle} Jenny avait appris un art absolument nouveau pour elle : celui de pleurer comme les plus vulgaires mortels.

Quand le pasteur lui parla de nouveau de sa dureté de cœur, de son éloignement pour les choses sérieuses, toutes les vérités que la femme Price

avait si brutalement exprimées sur le compte de
la dame du moulin se dressèrent devant elle
comme autant d'accusateurs menaçants. Quand
il parla de la miséricorde de Dieu à l'égard du
pécheur repentant, de la joyeuse paix qui inonde
l'âme des rachetés de Christ en dépit des épreuves du temps présent, elle crut entendre l'humble témoignage de l'étameur; et quand enfin,
la voyant radoucie, et comprenant l'angoisse
de son âme, le ministre de l'Evangile la supplia
de demander pour elle-même les consolations
du Saint-Esprit, elle se souvint avec émotion
de sa prière sous la haie si merveilleusement
exaucée, hélas! et aussi vite oubliée qu'exaucée.

— J'espère que je lui pardonnerai, quand
même la loi serait contre moi, dit-elle enfin.
Pourtant, je ne le promets pas; car avant
d'arriver au moulin, la colère pourrait bien
me reprendre. Comment puis-je m'empêcher de
lui en vouloir, je vous le demande? ajouta-
t-elle en s'animant à mesure que ses griefs lui
revenaient à la mémoire.

Et en se levant pour partir, elle fut bien près
de déclarer la chose absolument impossible;
mais elle se contint.

— Par vous-même vous ne le pourrez certainement pas, dit M. Hope; mais avec le secours

de Celui qui est la force des faibles, toutes choses sont possibles.

— Elle paraît toute changée, dit le pasteur
à sa femme, lorsque la meunière l'eut quitté
pour aller réparer le désordre de sa toilette,
promettant de s'arrêter de nouveau au presbytère en revenant de chez l'avoué.

— Dis donc, Jérémie, la clef de l'armoire au
maïs, où l'as-tu mise? demandait Wood à son
camarade.

Celui-ci, d'un air consterné, se mit à tâter
successivement toutes ses poches.

— Je ne me souviens plus de rien, dit-il en
promenant autour de lui un regard égaré,
comme s'il espérait voir la clef surgir tout à
coup dans l'espace. Cette soirée d'hier m'a
achevé.

— Tu n'as pas pour deux liards de tête, mon
pauvre Jérémie, remarqua Wood.

— Ce n'était pas comme ça autrefois, répliqua
l'infortuné d'un air sombre. Le vieux maître
m'a dit plus d'une fois : « Tu fais un bon meunier
quand tu veux, Jérémie; » et c'était la vérité.
Mais celle-ci m'a *hébestiolé* avec ses bourrades et
sa manière de regarder partout à la fois. Il faut
que ça finisse! Je suis décidé à sortir de cette
place, malgré la bonne envie que j'avais d'y
mourir, par rapport à la chère maîtresse d'au-

trefois. Ah! comme il ferait meilleur pour moi d'être là-haut avec elle!

Tout en parlant, il cherchait la clef perdue, et il eut enfin la joie de la retrouver dans une rigole.

Au même moment, son compagnon lui annonçait que « la maîtresse » était à moitié chemin de la côte.

— Qu'aurais-tu fait, dis donc, Jérémie, ajouta-t-il en riant, si elle était arrivée il y a cinq minutes?

— Je me serais enfermé là-haut, dans la trémie, jusqu'à ce qu'elle fût repartie. Est-ce qu'elle arrive, Wood?

— Non, elle est entrée dans la maison et a refermé la porte.

Jérémie poussa un soupir de soulagement. L'émotion qu'il venait d'éprouver avait été si vive après les secousses de la veille, qu'il se sentait incapable d'en supporter de nouvelles. Et tout en travaillant, il s'affermissait dans la résolution de chercher une autre place où il aurait l'espoir de conserver le peu de tête qui lui restait.

Pendant ce temps, M<sup>lle</sup> Jenny, enfermée dans sa chambre, s'abandonnait au plaisir de faire disparaître de sa personne les dernières traces de ses aventures de la veille. Combien peu ellese doutait que, si elle demeurait maîtresse du moulin, elle serait privée par sa faute des services du plus précieux, sinon du plus intelligent de ses domestiques ; car la fidélité, le dévouement, une probité à toute épreuve sont des qualités préférables à la plus grande habileté.

D'abondantes ablutions et des vêtements propres produisirent un effet magique sur l'esprit aussi bien que sur le corps de la meunière.

— Non, s'écria-t-elle en plongeant sa robe dans un baquet d'eau avec un air de suprême satisfaction, non, il n'est rien au monde de si ignoble que la saleté !

« Excepté le péché... »

Ces mots auxquels elle n'avait prêté la veille qu'une attention distraite, lui revinrent à la mémoire.

— Le péché ! fit-elle à demi-voix, en s'asseyant pour prendre quelques instants de repos. A coup sûr, Christophe est un grand pécheur. Comment puis-je excuser sa conduite à mon égard ?

Alors se présenta le conseil de M. Hope :

« Demandez à Dieu de vous aider. »

— Le pasteur prétend que je ne vaux pas mieux que lui. C'est trop fort ! Avec la meilleure volonté du monde, je ne peux pas croire cela.

Et elle se souvint de cet autre conseil : « Demandez à Dieu de vous aider à le croire. »

— Demander, toujours demander! Comment s'y prendre pour demander pareille chose?

Comment s'y était-elle prise le soir précédent pour demander d'être délivrée des dangers qui la menaçaient?

— Allons, je vais faire comme dit le pasteur : demander tout bonnement d'arriver à croire ce que pour le moment je trouve absurde : que je suis une aussi grande pécheresse que ce malheureux, et que je dois aller moi-même lui annoncer que je lui pardonne de tout mon cœur.

Comme elle s'était agenouillée contre la haie au bord du chemin, ainsi elle s'agenouilla près de son lit, et formula sa requête dans le moins de mots possibles.

Elle se releva, la conscience soulagée, en se disant que si, après cela, le sentiment de sa culpabilité et l'esprit de clémence ne lui venaient pas, c'est que sans doute ces deux dispositions ne lui étaient pas nécessaires pour posséder la paix intérieure de l'étameur et éviter les anathèmes de la femme Price.

Avant de redescendre en ville, elle jugea nécessaire d'aller donner un coup d'œil au moulin.

— Jérémie, je ne vois pas trace de ces fameux sacs de blé, cria-t-elle du bas de l'escalier au pauvre garçon qui, à son approche, s'était réfugié sur la dernière marche.

— Non, Mam'zel', fit-il en sondant du regard l'espace qui les séparait.

— Pourquoi ne les a-t-on pas apportés?

— Sais pas, Mam'zel'.

— Descendez donc!

Jérémie soupira; mais il obéit en s'encourageant par la pensée qu'il en aurait bientôt fini avec le moulin et la meunière.

Son visage défait et l'effarement de son regard rappelèrent à Mlle Jenny l'avertissement qu'elle avait reçu la veille à son sujet.

— C'est vous sans doute qui aurez compris tout de travers. Je parie que cette commande n'a été annoncée que pour demain. Terminez ceci, et dites à Wood de ne pas revenir cet après-midi : vous n'aurez besoin de personne.

— Mam'zel', commença Jérémie, s'il vous plaît, Mam'zel' Jenny...

— Je n'ai pas le temps de bavarder : faites ce que je vous dis.

Et elle s'éloigna de son pas rapide.

Désespéré d'avoir perdu cette occasion de lui notifier sa grande résolution, Jérémie la suivit des yeux jusqu'au milieu de la descente. Là, elle s'arrêta pour examiner une palissade qui avait été dégradée la veille, lors du transport de Christophe Hornbeck. Alors, prenant une résolution héroïque, Jérémie courut la rejoindre.

QU' VOULEZ-VOUS ACHER? DEMANDA-T-ELLE.

Mais ce fut encore elle qui parla la première, et toujours d'un ton irrité.

— Voilà du bel ouvrage, vraiment !

— Oui, Mam'zel'. S'il vous plaît, Mam'zel' Jenny...

— Il vous faut tout de suite réparer cela; vous trouverez des matériaux sous le petit hangar. Je suppose que c'est une partie des exploits de la nuit dernière ?

— Oui, Mam'zel'. S'il vous plaît, Mam'zel' Jenny...

Mais mam'zel' Jenny, sans même paraître l'entendre, lui tourna le dos, et reprit le chemin de la ville.

— Mam'zel' Jenny, Mam'zel' Hornbeck ! cria Jérémie avec l'énergie du désespoir, en se mettant à sa poursuite, je m'en vais m'en aller d'ici !

Elle se retourna fort surprise.

— Où voulez-vous aller ? demanda-t-elle.

— Je ne sais pas Mam'zel'; seulement je veux quitter d'ici.

— Quitter le moulin ? *Me* quitter ? fit M<sup>lle</sup> Jenny qui n'en pouvait croire ses oreilles.

— Oui, Mam'zel'. Pour quant au moulin, je n'aurais pas d'objections, et peut-être bien que je me placerai dans un autre.

— Ah ! c'est moi que vous voulez quitter ! Voilà votre reconnaissance !

— Mais, Mam'zel', vous dites toujours que je ne suis bon à rien, et que je deviens de plus en plus bête; alors il vaut mieux que j'essaie ailleurs. Ce n'est pas pour les gages, allez! Je serais resté quand même vous me les auriez encore diminués, si ce n'était que de m'entendre toujours crier après, cela me tourne les idées. J'aurais peur un jour de mettre le feu au moulin sans y penser.

Jérémie ne prononça pas ce long discours sans s'interrompre et s'embrouiller plus d'une fois; mais enfin il arriva au bout; et ayant ainsi déchargé son cœur, il tourna sur ses talons sans attendre la réponse de sa maîtresse.

« Voilà! » murmurait-il, « Wood ne dira plus, je suppose, que je n'ose pas lui parler. »

Assurément, les plaisanteries de son camarade étaient pour quelque chose dans ce grand acte d'indépendance.

La dame du moulin, de son côté, faisait à part elle ses réflexions :

« Il a bien choisi son moment pour me planter là! Bah! si je perds le moulin, je n'aurai plus besoin d'un domestique. Mais quelle mouche l'a donc piqué pour lui donner l'idée de se conduire ainsi? Ne dirait-on pas que je suis un loup-garou?... »

Là-dessus, elle s'efforça de songer à autre chose.

L'avoué était encore occupé quand M^lle Jenny se présenta, et il la fit prier de ne revenir qu'à cinq heures du soir. Faudrait-il donc qu'elle vît Christophe sans savoir s'il avait oui ou non quelque chance de réussir dans ses projets de spoliation ?

Elle prit le chemin du presbytère, le cœur oppressé, doublement oppressé depuis que Jérémie lui avait communiqué ses intentions en des termes aussi formels qu'inattendus.

Un bruit de roues lui fit tourner la tête. Qu'était-ce que cette charrette pesamment chargée, sinon celle qui portait au moulin les sacs de blé annoncés la veille ? Que faire ? Elle avait congédié Wood, et après le tour que venait de lui jouer Jérémie, était-il prudent de se fier à lui ? D'ailleurs, à quoi bon retourner au presbytère, puisqu'elle ne se sentait nullement disposée à pardonner à Christophe ? Elle changea donc encore une fois de direction, et, malgré son lourd fardeau de soucis, atteignit le moulin avant que la charrette fût arrivée au bas de la côte.

Tout était silencieux, le moulin fermé. M^lle Jenny courut vers l'endroit où Jérémie devait être à l'ouvrage. Ce fut Wood qu'elle y trouva.

— Où est Jérémie? cria-t-elle.

— Dans son lit probablement, répondit Wood;
il en avait déjà assez depuis longtemps, et cette
nuit blanche l'a achevé. Il m'a laissé ce travail
à faire, et s'en est allé chez lui.

— On apporte un chargement de blé. Laissez
cela, et allez aider à le rentrer.

M^{lle} Hornbeck, qui depuis tant d'années dé-
blatérait contre l'incapacité de son vieux serviteur, trouvait déjà bien difficile de se tirer
d'affaire sans lui. Elle eût pu le laisser seul
avec les charretiers, bien certaine que ses
intérêts seraient sauvegardés avec un soin ja-
loux; mais à qui se fier maintenant? Il lui
semblait que le monde entier l'abandonnait!
Wood lui-même, en qui d'ailleurs elle avait peu
de confiance, ne paraissait nullement sensible
à l'honneur de la servir. Pouvait-elle s'en éton-
ner au moment où elle chassait impitoyable-
ment sa vieille mère d'un asile qu'en bonne justice elle n'avait pas le droit de lui retirer?

Quand enfin le blé fut emmagasiné, M^{lle} Jenny
ferma le moulin, et renvoyant Wood à sa palissade, rentra dans la maison pour réfléchir. Elle
avait demandé à Dieu de l'aider à faire son devoir, et voilà qu'au lieu de se sentir providentiel-
lement secourue comme la veille, elle voyait surgir d'heure en heure de nouvelles complications!

Elle ignorait que c'est en leur laissant savourer jusqu'à la lie l'amertume de leurs propres péchés que le Père céleste ramène souvent au bercail ses brebis égarées.

— Ce pauvre Jérémie, qui sait s'il est réellement malade ou seulement de mauvaise humeur? J'ai envie d'aller lui porter une écuelle de soupe. Il n'a personne pour le soigner. Je regrette de l'avoir si souvent brusqué.

Sitôt dit, sitôt fait. Quelques minutes plus tard, la meunière se trouvait à la porte de la cabane. Avant d'entrer, elle regarda par la fenêtre : Jérémie était debout devant sa table, très occupé à lier un petit paquet.

Sans prendre la peine de frapper, elle leva le loquet et entra en criant :

— Eh bien ! je vous croyais au fond de votre lit !

Ainsi pris par surprise, Jérémie ne trouva rien à répondre. Il tressaillit sans lâcher son paquet.

— On me dit que tous les tracas de cette nuit vous ont rendu malade, reprit sa maîtresse ; cela du moins n'est pas de ma faute.

Jérémie garda le silence.

— Je vous apporte votre soupe. Ce que vous avez de mieux à faire, c'est de la manger chaude et de vous coucher ensuite. Il faudra vous lever

de bonne heure demain, car on vient d'apporter le blé.

— Mam'zel', balbutia enfin le pauvre homme,
demain il faut que j'aille au grand moulin de
Constance.

— Constance! mais c'est au moins à six
lieues d'ici. Qui vous a mis cette course en
tête?

— Wood m'en a parlé, Mam'zel'; c'est le vil-
lage de sa mère; il y est allé pour demander
si on voudra la recevoir quand elle devra quitter sa chaumière d'ici.

— Et qui fera votre ouvrage demain, s'il
vous plaît?

— Wood, Mam'zel', si vous voulez. Il est plus
dégourdi que moi; seulement il ne faudrait pas
lui être toujours après, comme avec moi.

— Allons, mangez votre soupe. J'ai eu des
ennuis, voyez-vous, de grands ennuis depuis
quelques jours, et il ne faut pas faire attention
à quelques paroles un peu vives. — Jérémie,
ajouta-t-elle, non sans une violente lutte intérieure, défaites ce paquet et tâchez de faire un
bon somme. Demain, toutes vos folles idées auront disparu.

— Non, non, Mam'zel', il faut que je m'en
aille; ici, ça ne peut plus aller.

— Mangez donc votre soupe, mon garçon,

et ne dites plus de pareilles sottises, reprit
M^lle Jenny d'une voix presque douce ; car la
mine souffrante de Jérémie et le tremblement
de sa voix agitaient singulièrement sa conscience.

— C'est que, Mam'zel', — ne vous fâchez pas,
Mam'zel' Jenny, — mais Wood m'a dit qu'au
moulin de Constance on... on ne cherche pas à
tromper la pratique.

— Tromper la pratique ! répéta M^lle Hornbeck ; que voulez-vous dire ?

— Eh bien, on... on ne met pas du maïs dans
la farine de froment, par exemple ; on ne dit
pas que c'est la première qualité quand il y a
du mélange.

— Heuh ! exclama M^lle Jenny après quelques
minutes de silence.

— C'est que, voyez-vous, Mam'zel', j'ai peur
de perdre mon âme. La bonne maîtresse, votre
mère, me disait de garder mon âme plus que
tout le reste ; et ici, je ne peux pas : c'est impossible !

— Il vous a fallu vingt ans pour faire cette
découverte, dit M^lle Jenny sèchement, mais avec
une émotion mal contenue.

— Non, Mam'zel'. D'abord, ce n'était pas
comme ça au commencement ; vous avez été en
augmentant chaque année ; moi, la même chose ;

mais je n'ose pas continuer plus longtemps.

— Ainsi, vous avez eu l'intention d'aller chez les saintes gens de Constance annoncer que vous ne pouvez demeurer plus longtemps au service d'une canaille comme M<sup>lle</sup> Hornbeck?

— Oh ! Mam'zel' Jenny, je ne dirais pas un mot contre vous pour tout l'or du monde. Seulement, je pars, parce que je ne sais pas jusqu'où je pourrais aller si je ne m'arrêtais pas tout de suite sur cette mauvaise voie.

— Votre soupe sera froide, Jérémie ; mangez et écoutez-moi une fois pour toutes. Je sais que j'ai été quelquefois un peu dure avec vous, et j'espère me montrer plus patiente à l'avenir ; mais convenez que, de votre côté, vous m'avez fait souvent enrager. Oublions le passé, et tâchons de mieux nous entendre à l'avenir. Quant à ce que vous qualifiez de tromperies, c'est un usage pratiqué dans tous les moulins, et je n'ai pas encore ouï dire que le ciel fût fermé aux meuniers.

— Si fait à ceux qui ne sont pas honnêtes, Mam'zel' ; car le pasteur nous a encore répété, dimanche dernier, qu'au jour du jugement ni les voleurs ni les trompeurs n'hériteront de la vie éternelle ; c'est écrit dans la Bible.

M<sup>lle</sup> Hornbeck poussa l'écuelle de soupe vers Jérémie, et ne répondit rien.

Ce grand jour des rétributions, cet après-demain redoutable, fallait-il donc qu'il lui fût rappelé même par cet humble serviteur si souvent dédaigné et bafoué !...

# CHAPITRE X.

## JOYEUSE MOISSON !

Près de quinze jours se sont écoulés depuis cette journée d'aventures qui fut pour M<sup>lle</sup> Hornbeck un si mémorable après-demain. M<sup>me</sup> Hope était chez elle, occupée à faire de la charpie pour son blessé, lorsque Marguerite Martin fut introduite.

— Qu'est-ce qui vous amène, ma bonne Marguerite ? demanda la femme du pasteur, avez-vous quitté l'infirmerie ?

— Pas encore, Madame, je suis engagée pour une autre semaine. Après cela, je pense qu'on n'aura plus besoin d'infirmière supplémentaire. Je venais pour dire à madame et à monsieur le pasteur que M<sup>lle</sup> Jenny a décidé de ne pas nous renvoyer ; elle est venue nous dire hier que tant que les chaumières seraient à elle nous pourrions y rester.

— A la bonne heure! Mais vous êtes si rayonnante que je crois vraiment que vous avez encore quelque bonne nouvelle à me communiquer.

— C'est vrai, Madame; je dois aussi vous dire que le monsieur que j'ai soigné a chargé le docteur de me remettre de sa part deux francs par semaine; il l'inscrira dans son testament pour le cas où je lui survivrais.

— Cela me fait bien plaisir, Marguerite! Cependant, je vois que vous me réservez encore une surprise.

— Ah! ma chère dame, voici le meilleur de tout... Figurez-vous qu'un de ces pauvres blessés était en chemin pour m'apporter des nouvelles de mon fils. Il l'a connu là-bas... ils ont été déportés ensemble; mais lui est revenu au pays après avoir subi sa peine. Si je n'avais pas été employée à l'infirmerie, je n'en aurais rien su, puisque le pauvre garçon est mort la nuit dernière, et qu'il était presque toujours sans connaissance. Mais une fois que je me trouvais près de son lit, il a remarqué qu'on m'appelait M<sup>me</sup> Martin. Alors il m'a bien regardée pour s'assurer que je n'avais qu'un œil, et m'a dit tout bas : « Est-ce que vous n'avez pas eu un fils déporté? » Puis il s'est mis à me raconter que mon cher enfant est mort dans la repentance et la

paix. Il lui a fait promettre de venir me dire
que nous nous retrouverions un jour aux pieds du
miséricordieux Sauveur, et qu'il fallait me consoler par l'assurance que mes prières en sa faveur avaient été exaucées. Ce pauvre garçon m'a
raconté tout cela peu à peu, en s'interrompant
souvent, car il était bien faible, ajouta Marguerite que son émotion rendait elle-même peu
propre au rôle de narrateur. Vous savez, Madame, que ce sont les mauvaises compagnies qui
ont perdu mon pauvre cher enfant : aussi sup-
pliait-il son ami et tous leurs camarades de faire
bien attention où pouvait les mener une nouvelle
connaissance. « Je me serais laissé conduire jusqu'en enfer, » disait-il, « si le bon Dieu ne
m'avait pas envoyé ici pour m'apprendre à réfléchir. » C'est comme cela qu'il parlait, Madame !

— Voilà bien, en effet, la meilleure des nouvelles, dit M^{me} Hope. Que sont les quelques années qui peuvent vous rester à passer sur la
terre, auprès de l'éternité bienheureuse que
vous partagerez avec votre fils !

— C'est bien vrai, Madame ! répondit Marguerite en essuyant les larmes qui inondaient
ses joues ridées. On dit que M. Christophe Hornbeck est chez vous, Madame ?

— Il y est en effet, grièvement blessé.

— C'est ce que monsieur le docteur a raconté

au monsieur que je soigne. Il paraît que
M. Christophe venait pour tâcher d'enlever le
moulin à notre demoiselle. Ils ont beaucoup
causé là-dessus, et mon monsieur, qui a l'air
de s'y entendre, assure qu'il ne réussira pas.

— M. Kays n'est pas tout à fait de cet avis ;
mais l'affaire sera jugée, et j'espère, dans votre
intérêt, que les droits de M<sup>lle</sup> Hornbeck seront
reconnus.

— Je le voudrais aussi, par rapport à sa
bonne mère, à moins que le Seigneur ne lui ré-
serve cet affront pour le bien de son âme. Dans
ce cas, sa mère aurait été la première à le lui
désirer.

— Heuh ! interrompit M<sup>lle</sup> Hornbeck qu'on
venait d'introduire sans bruit, le plus grand
silence ayant été recommandé aux domestiques
depuis l'arrivée du blessé.

Marguerite se demanda d'abord avec un peu
d'inquiétude si ses dernières paroles avaient
été entendues ; mais puisqu'elles étaient l'expression de la vérité, elle en conclut que Dieu
ne permettrait pas qu'il en résultât aucun mal.

— Je suis venue pour voir Christophe, si cela
ne vous dérange pas, ni monsieur le pasteur
non plus, dit la meunière sans autre forme de
préambule.

Marguerite se retira. M<sup>me</sup> Hope conduisit

M^llo Hornbeck dans le cabinet de son mari, et les y laissa seuls. Une fois assise, la meunière se mit à regarder le plafond d'un air embarrassé; puis vint le tour de la cheminée, de la table, jusqu'à ce qu'enfin fixant résolument les yeux sur ceux qui la considéraient avec un bienveillant intérêt :

— Heüh! dit-elle d'une voix agitée, j'en ai passé de belles dernièrement, allez!

— Je conçois, ma chère demoiselle, que vous avez de pénibles sujets de préoccupations, répondit le pasteur. Toutefois j'espérais vous voir plus tôt faire une petite visite à notre malade.

— Etait-il nécessaire que je vinsse avant de pouvoir dire que je lui pardonne?

— Non, sans doute. Alors...

— C'est pour cela que je viens aujourd'hui.

— Chère Mademoiselle, vous me réjouissez! Christophe est mieux, parfaitement en état de supporter l'entrevue. Voulez-vous que nous allions tout de suite le voir?

— Si vous voulez, Monsieur. J'aurai un mot de plus à lui dire, et je tiens à ce que vous soyez présent.

Lorsque M^lle Jenny se trouva près du lit de son demi-frère, une violente émotion la saisit : il lui rappela vivement son père, alors que, couché sur son lit de mort, il faisait à sa fille ses dernières recommandations, recommandations qu'elle promettait solennellement d'observer. Ce ne fut pas sans effort qu'elle parvint à parler.

— Christophe, dit-elle, je te pardonne. De quelque façon que l'affaire se termine, je tâcherai de ne pas t'en vouloir ; car je reconnais n'avoir pas bien agi à ton égard.

Ici, elle poussa un soupir de soulagement, et son regard sembla dire : « Enfin, c'est fait ! »

Elle reprit :

— Ma proposition de me charger de l'enfant n'était pas suffisante ; j'avais promis beaucoup plus à mon père. Peut-être que si je m'étais conduite autrement, nous aurions pu rester amis. C'est trop tard maintenant. On dit que tu as des chances de réussir à me prendre le moulin : aussi je tiens à te faire promettre dès aujourd'hui de ne jamais renvoyer les trois veuves que notre père a lui-même installées sur la propriété. Je te recommande aussi le vieux Price et Jérémie Miffler qui m'a toujours fidèlement servie ; il en fera de même pour toi si tu es un honnête meunier.

M<sup>lle</sup> Jenny se tut, et attendit la réponse du malade.

Il promit d'une voix faible de faire ce qu'on lui demandait.

— Il faut t'y engager d'une manière formelle,

14

devant M. Hope et moi. Et souviens-toi, Christophe, qu'il est plus important de tenir ses
promesses que de posséder tous les trésors du
monde. Si tu avais le malheur d'y manquer, tôt
ou tard tu aurais à t'en repentir, c'est moi qui
te le dis...

La promesse fut renouvelée ; mais M. Hope
que la démarche de M^{lle} Jenny réjouissait, ne
fondait que peu d'espoir sur la parole d'un homme
si indignement injuste et déloyal. Christophe
Hornbeck était à ses yeux un scélérat, et il lui
tardait d'être délivré de la présence d'un hôte
que seule la charité chrétienne avait pu le
déterminer à accueillir.

M. Hope serra avec effusion les mains de la
meunière lorsqu'ils se retrouvèrent en tête à
tête dans son cabinet.

— Je suis si heureux, chère Mademoiselle
Hornbeck !

— Moi aussi, Monsieur. Mais ce n'est pas
pour vous faire plaisir que je suis venue, bien
que je vous doive infiniment de reconnaissance
pour toutes les peines que vous avez prises avec
moi.

Il y avait tant de cordialité dans sa voix,
l'ensemble de ses manières était si étonnamment
radouci que le pasteur se sentit ému jusqu'au
fond de l'âme. Il comprit qu'une rosée céleste

avait passé sur la semence répandue par ses faibles mains.

Après quelques instants de silence, M^lle Hornbeck reprit :

— J'ai fini par comprendre que vous avez eu raison dans tout ce que vous m'avez dit. Aussi, quoique je ne prétende pas que je serai bien aise d'être chassée de chez moi, je tâcherai de ne pas trop m'en désoler. J'ai mérité de...

Elle ne put se maîtriser plus longtemps; des sanglots soulevèrent sa poitrine.

— Ma pauvre amie, dit le pasteur presque aussi affecté qu'elle-même, nous sommes tous pécheurs; tous, nous méritons les épreuves que le Seigneur juge bon de nous envoyer.

— Non pas vous, Monsieur, pas vous! Mais moi et Christophe nous sommes des misérables. Parlez-lui, je vous en prie, avertissez-le... Moi je suis trop mauvaise pour oser le faire. Ah! si vous saviez comme il m'a rappelé mon père.

— Je lui ai déjà parlé sérieusement, je le ferai de nouveau. Priez pour lui. Je crois que vous avez appris à prier?

M^lle Hornbeck raconta alors à son pasteur le trouble moral, les combats intérieurs dont elle avait souffert depuis ce certain soir où elle l'avait trouvé, sérieux et attristé, l'attendant, une Bible à la main, sous la lampe fumeuse de son petit salon. Elle n'exagéra rien, elle ne fit point de phrases ; mais il y eut dans tout son récit un cachet de sincérité et d'humilité vraiment touchant.

— Bon courage, chère Mademoiselle, lui dit M. Hope lorsqu'elle prit enfin congé de lui. Si vous perdez votre fortune, vos amis seront là pour vous tendre une main fraternelle. Il n'est pas de liens plus étroits que ceux qui sont fondés sur une foi commune dans l'Evangile de Jésus-Christ.

Malgré la bonne intention du pasteur, ces paroles parurent peu consolantes à la pauvre meunière dont le caractère indépendant se révoltait à la pensée d'être à charge à qui que ce fût.

« Si je perds ma fortune…, » répétait-elle tout en marchant, « oui, si Christophe me prend le moulin… Heuh ! »

Pauvre M^lle Hornbeck ! sa perplexité était grande ! Si elle plaidait contre son frère, et que le jugement fût favorable à celui-ci, comment payerait-elle les frais du procès ? Elle était parfois tentée d'abandonner volontairement la partie, si peu encourageant avait été l'avis de M. Kays.

Le digne pasteur de Hancock était surchargé d'occupations. La mort subite de M. Flood avait

jeté la perturbation dans les affaires d'une foule
de petits commerçants qui venaient tous porter
à M. Hope leurs doléances et leurs réclamations. Quant aux *amis* qui peuplaient le fastueux
hôtel alors que brillait sur lui le soleil de la
prospérité, ils avaient disparu, comme les
mouches d'été au souffle des autans.

Bien peu répondirent aux appels réitérés du
pasteur, et il se trouva que seuls le bon docteur
et lui-même étaient disposés à faire de réels
sacrifices en faveur des orphelins.

Après le départ de M^lle Hornbeck, M. Hope
s'était donc mis à examiner les comptes des
créanciers, afin d'aviser aux moyens de venir
en aide aux plus nécessiteux, lorsque Marie
ouvrit la porte et annonça « un monsieur. »

Ledit monsieur n'était autre que le patient
de la vieille Marguerite. Il se présenta comme
l'oncle de M^me Flood, et commença par remercier chaleureusement le pasteur de toutes ses
bontés envers sa nièce; puis ils entrèrent ensemble dans une discussion pratique sur les
mesures à prendre.

Le visiteur se levait pour partir, lorsqu'il dit
tout à coup :

— A propos, savez-vous que je me suis fort
intéressé aux affaires d'une autre de vos paroissiennes, une demoiselle Hornbeck?

— Vraiment ! s'écria M. Hope.

— J'ai su par le docteur que vous vous tourmentiez à son sujet, et vous sachant si bon pour ma nièce, j'ai saisi avec joie l'occasion de vous être agréable. Donc, après m'être renseigné au plus juste sur son affaire, je suis allé consulter un célèbre avocat de mes amis. J'ai moi-même étudié le droit pendant quelques années, mais mon caractère ne m'a pas permis de poursuivre cette carrière. Il paraît pourtant que j'y aurais vu clair : mon ami n'a fait que confirmer ce qui était pour moi une presque certitude. Voici le fait. L'individu qui conteste à M<sup>lle</sup> Hornbeck ses droits à l'héritage paternel n'a pas suivi dans ses réclamations une marche régulière ; or, comme il a eu la diabolique pensée d'attendre aux dernières limites du délai légal, il sera puni par où il a péché. Son action judiciaire sera annulée, faute de certaines formalités indispensables, et le temps lui manquera pour en intenter une seconde.

M. Hope était radieux. Il se fit expliquer tous les détails de cette étrange affaire, et finit par prier son nouvel ami de l'accompagner chez M. Kays.

— Volontiers, dit celui-ci ; mais lors même que votre avoué se refuserait à le croire, les choses se passeront comme je vous le dis.

— J'aimerais à apprendre moi-même cette bonne nouvelle à M^lle Jenny, dit M. Hope; j'ai envie de la faire prier de redescendre au presbytère.

Tandis qu'arrêté sur le seuil de la porte, il se demandait qui il pourrait envoyer au moulin (Thomas était sorti, et Marie occupée dans la maison) notre vieille connaissance, l'étameur, qui venait de travailler au coin de la rue, le salua respectueusement. Sachant qu'une pièce de dix sous ne serait pas dédaignée par le pauvre homme, il lui confia son message. En voyant entrer dans son bureau l'oncle de M^me Flood, l'avoué pensa que c'était au sujet des affaires de cette dame qu'on venait le consulter.

— Monsieur, dit-il, je suis à vous dans l'instant; permettez-moi seulement de dire un mot à monsieur le pasteur sur une affaire qui l'intéresse particulièrement.

— Concernant M^lle Hornbeck? dit vivement M. Hope.

— Précisément. Je n'ai jamais vu de cas aussi bizarre. Elle est maintenant certaine de conserver son moulin, bien que, d'après moi, le plaignant fût fondé dans ses revendications. Malheureusement pour lui, il...

M. Hope interrompit M. Kays en échangeant avec son compagnon un regard de triomphe. Puis, il lui expliqua le but de leur visite.

— Je me suis bien vite douté de la chose, reprit alors l'avoué ; mais pour ne pas exposer ma cliente à un mécompte, j'ai préféré n'en parler qu'après avoir pleinement éclairci les points douteux. J'ai communiqué mes renseignements à l'avocat du plaignant, muni de ses pleins pouvoirs. Il vient de me répondre qu'il renonce à poursuivre l'affaire.

— Cela m'étonne, dit M. Hope ; car pour avoir consenti à s'en mêler, cet avocat doit être un fameux coquin ; et quelle qu'eût été l'issue du procès, il aurait eu droit à des honoraires.

— Oui ; mais il savait qu'il ne pourrait les toucher que si son client entrait en possession du domaine. Pour le moment, Christophe Hornbeck n'a pas le sou. Voici la lettre que je reçois à l'instant. J'allais la communiquer à M<sup>lle</sup> Hornbeck.

— Venez la voir chez moi, dit le pasteur ; ce sera moins loin que de monter jusqu'au moulin.

Le petit étameur avait été si leste et M<sup>lle</sup> Jenny si empressée, qu'elle arriva à la porte du presbytère en même temps que les trois messieurs. Elle lut tout de suite une bonne nouvelle dans les yeux de M. Hope ; mais ce fut l'avoué qui, dans son langage sentencieux, la mit au courant des derniers événements.

— Ainsi, Madame, conclut-il, vous pouvez
maintenant être tranquille ; à peu de frais, vous
voilà délivrée d'un danger réel.

— Vous m'aviez dit, Monsieur l'avoué, que
si Christophe perdait, ce serait à lui de payer
les frais, dit M^{lle} Jenny en levant sur lui ses
grands yeux noirs, qui n'exprimaient pas autant de joie qu'on aurait pu s'y attendre.

— Les frais du procès ; mais je vous affirme
qu'il n'y aura pas de procès. C'est ce qui pouvait vous arriver de plus heureux.

M^{lle} Jenny, dira-t-on, poussait trop loin
l'amour de la justice. Le fait est qu'elle ne put
s'empêcher de penser que Christophe aurait dû
être contraint de payer le compte, — formida-
ble sans doute, — qu'elle ne tarderait pas à recevoir de l'étude de l'avoué. Néanmoins, elle ne
fit aucune observation et se déclara très satis-
faite.

— Combien je vous félicite, ma chère demoiselle ! s'écria le pasteur dès que les autres messieurs se furent retirés ; toutefois vous ne paraissez pas aussi heureuse que je l'espérais.

— Heuh ! répondit-elle, je vous assure que je
suis très contente ; seulement...

— Seulement quoi ? demanda le pasteur, de
plus en plus étonné.

— Eh bien !... non, tenez, il ne vaut pas la

peine d'en parler. Je suis parfaitement satis-
faite. Christophe est-il prévenu?

— Non; je viens seulement d'apprendre la
nouvelle. Il faudra la lui communiquer avec
ménagements.

— Laissez-moi le faire, dit M<sup>lle</sup> Jenny sans
que sa voix trahît le moindre sentiment de
triomphe ou d'amertume.

— Comme vous voudrez. Je ne considère jamais comme un privilège de porter à qui que ce
soit une mauvaise nouvelle. Peut-être vaut-il
mieux attendre que son avocat lui écrive lui-
même ce qui en est.

— Je préfère aller lui parler tout de suite et
j'aimerais à être seule, si cela ne vous contra-
rie pas.

M. Hope, quoique surpris, ne crut pas devoir
s'opposer à son désir.

— Christophe, commença-t-elle, touchons-
nous la main et ne songeons plus au passé. Tu
as perdu; les grands avocats de Londres l'ont
décidé. Mais, crois-moi, le moulin acquis de
cette manière ne t'aurait pas porté bonheur. Et
maintenant, je te promets que si tu es raisonnable, je laisserai tout ce que je possède à ton
fils. Tu me l'enverras ici pour apprendre le métier, et, si tu le veux, tu trouveras toujours en
moi une amie. Là, veux-tu ma main?

— Non, fit Christophe d'une voix sourde.

Et il ajouta qu'il ne croyait pas un mot à toutes les balivernes des avocats de Londres.

— Heuh! tu seras fâché plus tard de ce que tu fais à présent, Christophe. Quant à moi, je ne veux pas augmenter ma part de responsabilité. Fais-moi seulement savoir quand tu seras revenu à de meilleurs sentiments, et tu me trouveras prête à recevoir l'enfant et à vous rendre service à tous.

Elle demeura encore quelques instants près du lit, espérant que le malade se déciderait à lui tendre la main; mais voyant qu'il ne bougeait pas, elle redescendit doucement, et vint frapper à la porte de M. Hope.

— Il ne veut pas me croire, Monsieur, et il persiste à repousser toutes mes propositions. Mais il n'y a pas de quoi se décourager : croire ce qui *est*, il faudra bien qu'il s'y résigne, et quant à ses rancunes, c'est mon affaire d'en triompher à force de persévérance. Je suis si contente de lui avoir pardonné avant de savoir qu'il ne pourrait pas me nuire !

A partir de cette époque, la meunière des Quatre-Prairies ne fut plus la « mam'zel' Jenny » d'autrefois. Un principe nouveau agissait en elle. Sans doute, ce ne fut pas tout d'un coup

qu'elle devint ce qu'elle était lorsque, couron-
née d'ans et de bonnes œuvres, elle fut déposée
dans le paisible cimetière auprès de cette mère
vénérée dont les prières n'avaient pas été vai-
nes. La vie morale, comme la vie physique, ne
se développe que graduellement, et le chrétien,
d'abord enfant, doit passer par l'adolescence
avant d'arriver à la stature parfaite de l'homme
fait.

Le moment précis où le souffle de l'Esprit
divin avait passé sur elle pour la créer en nou-
veauté de vie, M^lle Jenny ne le connaissait pas
exactement; toutefois elle crut toujours devoir
le faire remonter à cette journée d'angoisse où
la crainte du lendemain l'avait entraînée dans
de si étonnantes aventures.

Elle n'oublia jamais ceux qui avaient été,
dans une mesure quelconque, les instruments de
sa conversion. S'il lui fut impossible d'aimer la
belle-fille de Price, du moins se montra-t-elle
généreuse envers le vieillard qui était allé comploter contre elle à Hicleton.

En reconnaissance des prières persévérantes
de la vieille Marguerite, les trois veuves virent
augmenter les privilèges dont elles jouissaient
déjà. Quant à l'humble étameur, il n'eut point de
pratique plus fidèle que M^lle Hornbeck jusqu'au
jour où il échangea sa cabane contre une mai-

sonnette plus confortable, se trouvant celle-là sur les terres même du moulin. Il en résulta que le brave homme, en devenant le factotum de la meunière, devint aussi l'ami de Jérémie, l'aidant de ses conseils, et le soutenant dans cette voie étroite où il ne risquait plus d'ailleurs d'être entravé par les volontés de sa maîtresse depuis qu'elle était devenue l'*honnête* meunière des Quatre-Prairies.

Les affaires du pauvre M. Flood devaient causer encore bien des peines, bien des sacrifices, bien des veilles à ses amis. Lorsqu'elles furent enfin arrangées pour le mieux, la veuve n'en continua pas moins à gémir sur les privations auxquelles l'avaient condamnée sa propre imprévoyance et la négligence de son mari à profiter des moyens que Dieu lui avait accordés pour assurer l'avenir terrestre de sa famille.

A mesure qu'il avance vers le terme de sa course, le pasteur Hope devient de plus en plus fidèle à « racheter le temps. »

— Notre ministre ne se donne plus un moment de repos, remarquait un jour Jérémie à son camarade Wood; il vient encore d'annoncer une réunion de prières.

— M'est avis qu'il en fait plus qu'il n'est nécessaire, répondit Wood que le mouvement

religieux n'avait pas encore entraîné. Je ne
sais à quoi il pense.

— Je vais vous le dire, Wood, dit M^lle Jenny
qui venait d'arriver inaperçue, et si vous m'en
croyez, vous y songerez un peu plus vous-même:
il pense au jour où nous devrons rendre compte
du temps que nous aurons passé sur la terre.
Si ce n'est pas demain pour chacun de nous, ce
sera pour sûr *après-demain*... Voilà ce que
n'oublie jamais notre pasteur : Heuh !

## FIN.

# TABLE DES MATIÈRES

CHAPITRE PREMIER.

Le moulin des Quatre-Prairies. . . . . . . . . . . . . . . .    7

CHAPITRE II.

La loi et l'Evangile. . . . . . . . . . . . . . . . . . . .   31

CHAPITRE III.

Un avertissement. . . . . . . . . . . . . . . . . . . . . .   55

CHAPITRE IV.

Les hauts faits de la jument noire. . . . . . . . . . . . .   77

CHAPITRE V.

L'horizon s'obscurcit. . . . . . . . . . . . . . . . . . .  102

CHAPITRE VI.

La voix douce et subtile. . . . . . . . . . . . . . . . . .  126

CHAPITRE VII.

La situation se complique. . . . . . . . . . . . . . . . .  152

## CHAPITRE VIII.

Qui sème le vent moissonnera la tempête.. . . . . . . . . . 177

## CHAPITRE IX.

Le pauvre Jérémie n'y tient plus. . . . . . . . . . . . . . 186

## CHAPITRE X.

Joyeuse moisson. . . . . . . . . . . . . . . . . . . . . . 204

TOULOUSE. — IMP. A. CHAUVIN ET FILS, RUE DES SALENQUES, 28.

www.ingramcontent.com/pod-product-compliance
Lightning Source LLC
Chambersburg PA
CBHW061502030726
47503CB00005B/1779